Les mouches bleues

Du même auteur

Denoël

Le Boîtier rouge (1995)
Le Mille-pattes (1998)

La Martinière

Petits Arrangements avec les femmes de ma vie (2002)

Flammarion

Rendez-vous chez Scylla (2000)
Les Voleurs d'ouragan (2000)
Un homme de liberté (2002)
Versailles, le palais de toutes les promesses (l'intégrale) (2015)

Flammarion et J'ai Lu

Le Secret de Champollion – prix littérature de la Nuit du Livre (2005)
L'Insoumise du Roi-Soleil (2006)
La Prophétie de Golgotha (2007)
La Vengeance de Richelieu (2009)
L'Éclipse du Roi-Soleil (2010)
Un jour, je serai roi (2011)
Le Roi noir de Versailles – prix du Roman Cœur de France (2012)
Les Glorieux de Versailles (2013)
Le Dernier Secret de Versailles (2014)
L'Homme qui brûlait d'être Dieu (2016)

J'ai Lu

La Recette du bonheur (2015)

Plon et Pocket

10 000 Jours pour l'humanité – prix Jules-Verne (2018)

Plon

Emmurés vivants (coauteure Dorothée Salat-Hass) (2019)

Jean-Michel Riou

Les mouches bleues

roman

PLON
www.plon.fr

92, avenue de France
75013 Paris
Tél. : 01 44 16 09 00
Fax : 01 44 16 09 01
www.plon.fr
www.lisez.com

Mise en pages : Nord Compo (Villeneuve-d'Ascq)
Dépôt légal : janvier 2021
ISBN : 978-2-259-27889-8

Aux anges de ma vie,
je vous aime pour toujours.

« Au terme de mon parcours, je me rends compte combien l’homme est fragile et malléable. Rien n’est jamais acquis. Notre devoir de vigilance doit être absolu.
Le mal peut revenir à tout moment, il couve partout et nous devons agir au moment où il est encore temps d’empêcher le pire. »

Germaine Tillion

41 %
de la population américaine
ignorent ce qu'il s'est produit à Auschwitz

Chez les 18-34 ans, ce chiffre grimpe à
66 %

(Sondage réalisé par le *New York Times* en avril 2019)

« Si l'écho de leur voix faiblit, nous périrons. »

Paul Eluard

« La musique, c'est du bruit qui pense. »

Victor Hugo

Au début

On ne voyait rien de l'extérieur, rien du paysage. Qu'un morceau de ciel gris par une lucarne découpée dans le plafond. La sueur viciait l'air, on crevait de chaud. Si les roues grinçaient, c'était le signal. Le train à bestiaux faisait halte et ça freinait dur. Pour ne pas tomber, on écartait les jambes, on se collait à ceux de devant, de derrière, d'à côté. Et comme les chiens de Pavlov, on s'habituait. Dans le silence qui suivait l'arrêt, on épiait les bruits du dehors afin de savoir ce qu'il se tramait, et la même réponse venait : les bottes attaquant le gravier, les coups dans la porte du wagon pour vérifier qu'elle était verrouillée. On entendait aussi des aboiements d'homme : *Alles gut ?* Et quand tout était *gut*, le convoi bourré de tripes pilées par la peur s'ébranlait.

Dedans, ça parlait peu, sauf le type à ma droite, un bavard qui me soûlait de mots, qui déballait sa vie pour ne pas réfléchir à ce qui la menaçait, blablatant qu'il comptait parmi sa clientèle des bijoutiers de Kazimierz, le vieux quartier juif de Cracovie. « Compter » sonnait plutôt juste puisqu'il exerçait le métier de comptable, mais, répétait-il, « pour des gens honorables ». Il n'avait rien à se reprocher, son père dont il avait pris la suite n'avait aucune raison de se retourner dans sa tombe. Discret, jamais un mot de travers, pourquoi se trouvait-il là ? Ce n'était pas mon voisin de gauche aussi muet que la carpe du lac de Bachotec qui lui aurait répondu. Dos voûté, il sondait ses souliers souillés par la pisse et la merde d'un troupeau passé là avant nous. J'écoutais le comptable en hochant de temps en temps la tête à la façon du confesseur soulageant le pénitent. Je tentais de l'aider, ce bonhomme à lunettes plus sec qu'un coucou, ressassant qu'il s'occupait des chiffres, rien que de ça. Quand il me laissait en paix, je surveillais une colonie de blattes, libres d'aller et venir grâce à un passage étroit creusé à hauteur de mes yeux dans la cloison en bois du wagon. Nous étions devenus si intimes que j'avais percé le manège de ces bestioles terreuses fuyant ce monde grâce à une sortie de secours qui avait échappé à la vigilance des geôliers, une espèce autoproclamée race supérieure. Les blattes, je connaissais par cœur, à Varsovie, c'en était rempli. Celles d'ici appartenaient au genre *Blattella germanica*, une ethnie spécialement envahissante dotée d'une carapace foncée rappelant la couleur des tenues nazies. À bien y réfléchir, si un cancrelat réussissait à narguer la harde en uniforme ayant juré d'éradiquer ce qui troublait son monde parfaitement intraitable, il ne fallait pas désespérer.

J'aurais dû le dire à mon voisin de gauche salement fataliste, le dire aussi à la marée d'épaules et de nuques scrutant la porte où était peint *Ausgang* en lettres gothiques. « Sortie ». Mais je faisais comme les autres : attendre qu'on ouvre. De nuit ou de jour ? Pour descendre où ? Tous entassés dans ce train à bêtes, ça laissait forcément penser que le terminus voisinait avec l'abattoir.

*

— Pas plus de deux cents kilomètres… Qu'en dites-vous ?

Le comptable de Kazimierz, le moulin à paroles, avait estimé la distance parcourue depuis le départ de Cracovie. Il s'y accrochait comme le naufragé espérant la terre ferme. Il tournait la tête vers l'arrière du train, cherchant ce qu'il avait quitté. Devant, irréel, c'était un océan d'incertitudes.

— À l'erreur près, avait-il poursuivi sans attendre l'opinion de quelqu'un qui n'avait pas l'esprit à calculer.

Il consultait sans cesse sa montre, s'appliquant à bien plier le coude et à incliner la tête. En découvrant l'heure, son œil s'écarquillait comme s'il déchiffrait le secret de l'eau tiède, mais sans jamais partager ce qu'il avait appris. Ensuite, il comptait à voix haute, effectuant de nouvelles estimations qui ne menaient et ne servaient à rien.

Avant que le convoi ne s'ébranle, un homme vêtu d'un beau pardessus, quelqu'un, lui aussi, de respectable, avait tenté d'interroger poliment un garde sur le quai. Le petit gradé avait répondu d'un coup de crosse en pleine gueule, d'un autre dans le bide, obligeant deux prisonniers à hisser ce corps inerte dans le wagon. Depuis, le curieux n'avait pas bougé. Il était inconscient, allongé sur le dos. La merde, la pisse et son sang lui servaient de litière. L'un de nous, un médecin, l'avait ausculté. Il fallait de l'air, de la place et que personne ne se penche pour ne pas faire obstacle à la lumière qui entrait par la lucarne du plafond. Même si cela semblait impossible, un petit cercle s'était formé.

Le médecin avait ôté la cravate du pauvre type salement amoché, déboutonné la chemise pour écouter le cœur, tâté le pouls, même soulevé une paupière pour faire les choses bien avant d'ôter sa veste à lui et de la glisser en boule sous la nuque de l'autre. Puis il s'était relevé. Le diagnostic avait circulé de bouche en oreille : une espèce de coma. La seule façon d'aider était de se serrer tous pour lui libérer de l'espace. On s'était exécutés à la va-comme-je-te-pousse, centimètre après centimètre, en jouant aux auto-tamponneuses du manège de la place du Rynek. Les images de la fête avaient surgi, ma gorge s'était nouée. Il ne manquait rien ni personne, les flonflons, l'accordéon, le rire des enfants, les badauds plantés devant l'Homme le plus fort du monde qui soulevait d'une main plus de trois fois son poids en fonte, le goût sucré des *chruściki* dorés comme le soleil… Et les yeux verts de Hanna, ma belle couturière, et son sourire plein de promesses au moment où son bras tout câlin s'était glissé au creux du mien devant le chamboule-tout du grand-père Dabrowski.

Dans le train, un virage nous avait bringuebalés les uns contre les autres. Les souvenirs s'étaient éteints comme les feux de la Sobótka à la Saint-Jean. Au centre du wagon, il y avait la forme immobile sans vie, une silhouette recouverte d'un pardessus semblable à un linceul d'où émergeaient des cheveux gris. Une mouche bleue bien grasse arrivée de je ne sais où avait longtemps tourné au-dessus du corps, cherchant à savoir si c'était de la charogne bonne à pondre dedans avant de rejoindre la lucarne pour y déposer sa chiure.

*

Sans expliquer pourquoi, disons à force de piétiner, j'avais perdu le contact physique avec le comptable. Il se trouvait à présent à deux épaules de moi – et pas assez loin pour que je ne l'entende pas gémir en s'adressant à son nouveau voisin comme s'il s'agissait du président du tribunal qui allait le juger. Il était honnête, on se trompait, il devait partir d'ici. Le petit carré près du trou à cancrelats était encore à moi. En y laissant mes ongles, je l'avais élargi de près du double, une sacrée victoire. Quand le train s'arrêtait, je collais un œil au trou, j'apercevais des bribes de la vie du dehors. Un petit bout de rien du tout, pas plus que ce qu'un gamin audacieux entrevoit par la serrure d'une chambre de bonne. Et c'était toujours un quai semblable au précédent, bourré d'uniformes nazis plus nombreux qu'un bataillon de cafards. « On parle allemand et aussi polonais », chuchotait alors l'un des nôtres. Bizarrement, ça réchauffait le cœur – enfin, de se croire encore chez nous –, comme un sursis dans la torture qui nous rongeait : aller sans rien savoir menait forcément à imaginer le pire.

*

Sur un point, j'avais été moins veinard que le comptable. Ma montre s'était brisée lors de l'arrestation par la Gestapo. Les minutes, les secondes sans repères, je ne m'y faisais pas. Moi aussi, je sondais mon poignet vide. Par habitude. Un tic qui me rappelait ce que j'avais enduré. Quelque part dans la nuit qui n'en finissait pas, au quatrième arrêt, de ça, j'étais certain, la porte s'était ouverte. Il faisait nuit, très froid pour un mois d'avril. Une belle bolée d'air cristallin évadé de l'éther s'était engouffrée dans le wagon, purgeant sa pestilence. Je m'étais goinfré de ce cadeau expédié du ciel. Un garde pareil à celui qui avait frappé l'homme au linceul s'était avancé, fusil braqué sur le premier rang. Il nous avait fait descendre, sauf le blessé, pour nous compter jusqu'à trouver le chiffre qu'il cherchait – 102 –, avant d'énoncer la règle du jeu. Dans le wagon voisin, un type avait tenté de s'échapper. En sautant du train, il s'était tué, mais ça ne suffisait pas pour calmer la fureur des nazis. S'il manquait un prisonnier, si un seul essayait de fuir par un tour de passe-passe en arrachant une latte du plancher, en montant sur le dos d'un complice pour forcer le vasistas, hurlait-il en germano-polonais, et même s'il passait sous les rails, nous autres payerions cher. Pour un manquant, deux otages exécutés le long de la voie. Au hasard, toi et toi. Fusillés ! C'était idiot, mais j'ai prié pour que le tortionnaire ne voie pas le trou à cafards, mon petit secret de liberté.

*

Au moment d'un autre départ, le énième, un des soldats avait lancé dix grosses miches de pain noir que les adroits avaient attrapées au vol avant qu'elles ne tombent sur le sol crasseux. On avait aussi hérité d'un baquet rempli d'eau trouble où flottait de la paille et d'une gamelle cabossée en fer-blanc qu'un volontaire remplissait et qui circulait de main en main et revenait vide au point de départ avant de repartir pleine, toujours plus loin, au fond du wagon. Ça occupait. Et puis un costaud dépassant la troupe d'une tête avait soudain crié que c'était pas Dieu possible qu'on se lorgne en chiens de faïence. Il s'était assis dans le bouillon de fumier en grognant que rien ne l'interdisait, qu'un Tzigane comme lui en avait vu d'autres et que, question liberté, son maître n'était pas encore né. Comme si on n'attendait que ça, le gros de la troupe l'avait imité. Les téméraires, pas rebutés par la puanteur, s'étaient allongés tête-bêche pour gagner de la place. Moi, j'avais calé mon dos contre la paroi. Les muscles de mes jambes étaient tétanisés par toutes ces heures debout. Les bestioles à six pattes se planquaient dans leur trou. Je mâchouillais du pain, buvais l'eau chaque fois que la gamelle passait. Et je pensais surtout à Hanna.

*

Ce matin-là, nous deux, on n'avait pas eu l'idée de se dire au revoir pour de bon comme les amoureux sur le quai d'une gare. Hanna avait sauté du lit. « Je suis en retard... » J'avais cherché à la retenir. Elle avait répondu que nous étions lundi. Une toilette de chat, et en route pour le travail. N'avait-elle pas envie de baisers, de caresses et du reste ? Et attention à ce qu'elle répondrait, j'étais capable de me jeter dans l'eau de la Vistule. « Méfie-toi, personne n'est irrésistible, s'était-elle moquée, et n'invoque pas la mort, ça attire le malheur. » J'aurais pu répondre que je n'étais pas superstitieux. J'avais préféré regarder avec soin la façon dont elle s'y prenait pour enfiler ses bas. Cheveux sur le visage, elle penchait le corps en avant, ses seins effleuraient ses genoux, ses doigts électrisaient le Nylon en remontant lentement du galbe de la jambe à mi-cuisse afin de vérifier l'élasticité des jarretières. Mon désir revenait, tambourinait sous le drap. « En retard... », avait-elle répété tristement ce matin-là. Je n'avais droit qu'à l'habillage. Sur la pointe des pieds, elle s'était glissée dans une robe boutonnée au col dont la coupe droite ne cherchait pas à faire de l'effet, mais je savais ce qui se cachait dessous, les bas, pas plus que ça, et un adorable con que j'aimais à la folie. À 8 heures, elle avait passé une ceinture autour de sa taille en pinçant sa bouche de libertine. Et le rideau était tombé, Hanna prête à partir.

Si j'additionnais les nuits sans en oublier une, notre tête-à-tête matinal durait depuis un mois, et j'étais certain de ne jamais m'en lasser. Un coup de foudre, il n'y avait pas mieux pour en parler, avait éteint les étincelles des auto-tamponneuses électriques du Rynek. Parce que les autres étaient occupées, nous étions montés à deux dans la voiture rouge et jaune pour trois tours payés d'avance. En descendant, j'avais proposé un *chruściki* doré à croquer ensemble ; elle avait enroulé son bras dans le mien en signe d'accord. Je marchais, tête tournée vers la sienne, aimanté par son regard qui rivalisait avec celui d'une actrice française que j'avais vue dans *Le Quai des brumes*, au cinéma de la rue Tomasza. « T'as de beaux yeux, tu sais », murmurait son amant. J'en pensais autant des lueurs de jade qui enflammaient l'iris de Hanna, et le lui avais dit juste avant de l'embrasser.

*

Ce matin-là, au lieu de dire au revoir pour de bon, elle avait regardé l'heure à la montre fixée à mon poignet et poussé un petit cri. Vite ! À la porte de l'appartement, elle avait lancé qu'il fallait acheter des œufs, du vin et du pain, s'il te plaît… J'avais promis que j'irais la chercher à l'atelier sans être certain d'avoir été entendu. Ses talons avaient réveillé les marches en bois de l'escalier, et résonnaient toujours sur les pavés de la cour. Allongé, bras croisés sous la nuque, j'avais cheminé à ses côtés. À son pas, elle arrivait déjà au boulevard Kurlandski qui bordait la Vistule. Demandait-elle au fleuve d'oublier l'insolent qui avait parlé de s'y jeter ? L'atelier se montrait, la patronne soupe au lait piaffait devant l'horloge. Hanna s'excusait, lissait sa robe, s'asseyait à la table de couture, croisait les jambes en se méfiant des échardes qui abîmaient les bas, et puis cousait. Chaque seconde qui passait nous rapprochait du soir. J'avais aussi interrogé ma montre dont les aiguilles ne trottinaient pas assez vite et, parce que la journée était encore longue, décidé de m'accorder un sursis en paressant au creux du lit où flottaient les fragrances de nos amours étincelantes. « Gardez-vous de demander du temps, avait affirmé un auteur français appelé Mirabeau, le malheur n'en accorde jamais. » Je l'avais écrit à propos des nazis qui avaient envahi la Pologne. Contre eux, nous ne devions plus perdre de temps, mais nous battre ! Et à 8 h 22, la porte avait volé en éclats.

*

Quelle était la couleur de la robe de Hanna ce matin-là ? Lilas ou rose ? Dans le wagon à bestiaux, les images se brouillaient. C'était dur de se concentrer. Je m'efforçais de croire que ça ne tournerait pas mal pour elle. Si la Gestapo l'interrogeait, il lui suffirait de répondre qu'elle ignorait les agissements d'un type rencontré par hasard devant le chamboule-tout du grand-père Dabrowski. Quelques nuits dans une vie, ça ne comptait pas. On fouillerait chez elle, je n'y étais passé qu'une fois, il n'y avait rien de compromettant. Ce n'était pas comme les feuillets trouvés chez moi qu'un gestapiste avait brandis sous mon nez : « Et ça ?! »

La scène repassait en boucle, le mauvais et le pire valsaient dans l'air putride du fourgon… J'ai tenté de bouger les jambes afin que le sang circule. J'imaginais que la porte s'ouvrait, qu'une armée de fusils entraient, cisaillaient le troupeau. Je ne pouvais rien faire. Mais, par-dessus ces méchantes idées qui carillonnaient dans ma tête, il y avait une mélodie qui semblait venir de la droite… et de la gauche – et de partout en réalité. C'était une vieille chanson de Silésie racontant la tristesse d'une mère qui attendait, assise sur un banc, le retour de son fils.

Ah, nasza ławeczka, ah, już się polomala,
Miły mój Synecku, drogi kochaneczku,
O, wróć ze do mnie jeszcze,
O wróć ze do mnie jeszcze !

Ah, notre petit banc, déjà s'est cassé.
Mon gentil fiston, mon cher amour,
Oh, reviens-moi donc,
Oh, reviens-moi donc !

Elle étranglait la gorge, cette comptine qui arrivait en effet de loin. Tous les petits la connaissaient, et nous l'avions été. Le chœur des enfants devenus grands s'était mis en branle. Le wagon chantait. C'était tellement ce dont nous avions besoin que personne ne voulait que ça s'arrête, mais cette mère qui était aussi la nôtre s'était tue à force de pleurer. Alors, pour éteindre le chagrin qui nous était tombé dessus, une nouvelle voix avait surgi.

Cygan bez rolni, Cygan bez chaty,
Cygan szczęśliwy, Cygan bogaty.
Boum la la boum, la la boum la la lei…

Tzigane sans ferme, Tzigane sans chaumière,
Tzigane heureux, Tzigane plein de richesses.
Boum la la boum, la la boum la la lei…

[…]

Cygan nie sieje, cygan nie orze,
Cygan gdzie sporzy, tam jego zborze.
Boum la la boum…

Le Tzigane ne sème pas, ne laboure pas,
Le Tzigane, partout où il regarde,
Le blé est à lui.
Boum la la boum…

Nie kochaj dziewcze, kmiecia ni pana,
Lecz z calem sercem, kochaj Cygana.
Boum la la boum…

Ne chéris, fillette, ni le prince ni le gentilhomme,
Mais de tout ton cœur, aime le Tzigane.
Boum la la boum…

Et tous les juifs, les communistes, les chrétiens, les athées, les comptables, les médecins, et tous les innocents qui hantaient ce train pour ce qu'ils étaient, avaient repris le chant du Tzigane qui nous dépassait d'une tête. Alors j'ai juré de me souvenir à jamais de chaque note, de chaque parole qui naîtrait au cours du voyage vers le néant. Puisqu'il ne pouvait s'agir que de ça.

Première partie

L'homme méchant est comme la mouche
qui ne s'intéresse qu'aux plaies.

Proverbe

1

On nous sort du train, nous met en rang. Des voies, des rails, pas de quai. Des cris. On marche. La route est sillonnée de camions qui forcent le passage en frôlant les 102 de notre wagon. Pas de bas-côtés pour se protéger. Une ligne à perte de vue. Devant, derrière, des files humaines. Ne pas trébucher, ne pas sortir de la colonne. Au premier écart, un garde frappe en gueulant plus fort que son chien-loup qui tire sur sa laisse dans l'espoir de mordre la cuisse du traînard. On aperçoit des usines, des hangars claquemurés derrière des barbelés. Pas un chant d'oiseau écervelé. Que la botte en cadence. Une pluie glaciale pénètre les os. J'ai faim, froid, soif, mais, dans ce coin, il existe sûrement mille autres façons de crever.

Le plus chanceux est peut-être l'homme au pardessus, mort dans le train avant de découvrir notre destination. Il ne connaîtra rien du bloc de béton triangulaire cerné de murailles dans lequel nous pénétrons. Sur la grille d'entrée est écrit : *Arbeit macht frei*, « le travail rend libre ». Question liberté, c'est si vrai que les remparts de la forteresse sont constellés de fils électrifiés et de tours équipées de projecteurs ; pour bien faire comprendre qu'on ne s'échappe pas, les gardes montrent le canon des armes lourdes sortant des guérites. *Ein Schritt, eine Kugel, verstanden*[1] *?* Le tir aux pigeons débute à la lisière d'une allée de gravier bardée de chevaux de frise et de barbelés. Derrière cette frontière s'applique la loi du camp de concentration d'Oranienbourg-Sachsenhausen, le royaume du SS-*Oberführer* Hans Loritz, commandant des lieux.

Loritz. Le nom circule dans la file. L'un de nous l'a appris en écoutant parler les gardes. Je me dis que je ferais bien de retenir cette information murmurée à son tour au comptable bavard de Kazimierz qui marche devant et opine en silence. Se taire est nouveau chez lui, mais en découvrant l'intérieur du camp, sa fichue manie reprend le dessus.

— Regardez ! Là, sur le mur, lance-t-il fort et clair.

Il tend une main maigrelette vers un écriteau où est écrit : *Es gibt einen Weg zur Freiheit. Seine Meilensteine heissen : Gehorsamkeit, Fleiss, Ehrlichkeit, Ordnung, Sauberkeit, Nüchternheit, Wahrhaftigkeit, Opfersinn und Liebe zum Vaterlande.* Il croit bien faire en traduisant à voix haute, et ce n'est pas pour jouer à l'intéressant, lui, l'appliqué, genre fort en thème.

— « Il existe un chemin vers la liberté. Ses bornes… ses limites (il hésite) s'appellent, eh bien, obéissance, application, honnêteté, ordre, propreté, sobriété, franchise, sens du sacrifice et amour de la patrie. »

Son visage s'éclaire comme s'il recevait le prix d'excellence.

— Voilà qui semble facile à comprendre. Si on ne dépasse pas les bornes, on s'en sort. Sauf que marier

1. « Un pas, une balle, compris ? »

deux mots contradictoires s'appelle un oxymore, et c'est un peu paradoxal. Tout le monde sait que, plus il y a de règles, moins il y a de liberté.

Aussitôt, un soldat le lui confirme en l'extirpant du rang. *Strafe !*, « Punition ! » Interdit de parler ! On le frappe, il s'écroule, sa tête cogne contre le sol terreux, on l'oblige à se relever, l'éloigne du groupe. Il disparaît, encadré par deux gardes. Ses lunettes, il les a perdues au premier coup sur le crâne. Personne n'ose les ramasser, mais elles ne serviraient à rien puisqu'elles sont brisées.

Étrangement, rien ne m'étonne. Un jour et deux nuits dans le train m'ont livré un avant-goût de ce qui semble réjouir Hans Loritz, le général SS : souffrances et sadisme, offerts en cadeau dès l'arrivée dans ce lieu qui pue la mort à plein nez. La confirmation n'attend pas. Et je comprends que nous sommes les bêtes à tuer du régent de Sachsenhausen.

*

Après une visite médicale au *Revier*, une infirmerie dédiée aux déportés, je suis déclaré apte au travail, évitant la quarantaine dans les baraques faisant office de lazaret[1]. Est-ce mieux ou pire ? Sans sursis, on me colle au block des Polonais étiquetés *Schutzhäftlinge* : « personnes internées pour raison politique ». C'est dit en me crachant presque au visage par un soldat qui aligne des noms et des matricules sur un registre épais

1. *Revier* : abréviation de l'allemand *Krankenrevier* : littéralement « le quartier des malades ».

comme la Bible. Il ajoute qu'un type dépravé comme moi ne sera pas dépaysé, c'est plein de socialistes, de communistes, de syndicalistes, de ceux qui dérangent, qu'il déteste en raison de leurs convictions religieuses ou de leurs goûts sexuels. Une signature, un coup de tampon encré, je viens d'entrer dans la case *Détention de protection*, une façon commode de se débarrasser de tout ce qui ne trottine pas dans l'ombre du Reich tout-puissant.

— Toi, par ici, toi, par là !

Le groupe des 102 est morcelé. Des têtes devenues familières disparaissent. Sans parler d'amitié, ça aidait le moral de se raccrocher à des silhouettes connues. Un sourire quand le pain circulait, un merci pour un peu d'eau, on se sentait en affinité. Se serrer les coudes cimentait les cœurs et chanter ensemble nous rendait camarades. Au cours de ces heures plus longues qu'une vie s'était bâti du solide – solidaires me convient. Bourgeois et prolétaires unis dans le même merdier. Et pour bien expliquer que, ici, il n'y a plus de différence, de rang, de lutte des classes, on nous travestit du même uniforme zébré. Comptable, bijoutier, ouvrier, médecin, journaliste et musicien comme moi, les 102 appartiennent à une chaîne dont chaque maillon est marqué d'un triangle de couleur cousu sur une veste taillée dans une matière qui ne protège ni du froid ni de la pluie. *Ein Stück*, « un morceau », comme me le dit le garde. Je ne suis plus qu'un morceau de bidoche dont les distinctions sont un triangle et un numéro.

— Maintenant, avance. *Verstanden ?*

Je clopine dans des sabots à semelle de bois semblables à ceux du banquier que je suis dans la file jusqu'à ce que l'un des gardes me balance un coup de crosse dans le dos, manière de me dire que je dois sortir de la colonne. Le block des *Schutzhäftlinge* qui accueille les politiques est à gauche, le banquier, lui, prend à droite – et ça n'a rien à voir avec la lutte des classes.

*

Tous les baraquements se ressemblent. Un bâti taillé dans du bois épais comme du cageot et recouvert d'une peinture chiasseuse. Exigu vu de l'extérieur, plus encore quand on entre. Une enfilade de châlits étroits, des allées où on ne passe qu'à un, peut-être deux cents couchettes alignées sur deux niveaux, celles du dessus frôlant le toit. Le baraquement est un rectangle divisé en deux parties, le dortoir d'un côté, de l'autre un réfectoire – tables, quelques chaises –, et, au milieu, deux vasques rondes et des chiottes en enfilade. Pas d'intimité. Voilà pour la photographie des lieux.

En ce qui concerne les occupants, difficile de dénouer le méli-mélo des tenues rayées. J'imagine que j'aurai le temps de faire connaissance une fois une litière trouvée. À droite, à gauche, j'avance, je cherche, mais pas un regard, pas un soutien jusqu'à ce qu'un type dans une rangée du fond me fasse signe. Au-dessus de lui, ce n'est pas occupé. Ses yeux fatigués me sourient. On va se dire des mots, se parler ? Son visage se ferme en entendant un coup de sifflet.

— Sors te mettre en rang. On fera les présentations plus tard…

Il me pousse vers les tenues rayées qui se rendent à la porte et s'alignent comme un mille-pattes devant le baraquement.

— Je m'appelle Piotr, murmure-t-il.

— Aleksander Kulisiewicz. Alex, c'est plus court…

— D'accord pour Alex. On va à l'appel. Boucle-la et observe.

*

Le SS-*Oberführer* Hans Loritz organise sa grand-messe du soir. Hurlant dans le micro : « Aucun manquement au règlement ! », il trône au centre d'un halo de lumière, et nous, des milliers, l'entourons. L'avertissement s'adresse aux nouveaux, les habitués savent qu'il ne ment jamais. À preuve, un garde s'avance, deux autres sortent un prisonnier d'un carré afin de lui faire subir ce que leur chef appelle le Traitement 25, une manière singulière d'appliquer le règlement. Le coupable – on ne sait de quoi – reçoit vingt-cinq coups de schlague, attaché au bock, un chevalet de bastonnade.

C'est tout un art de frapper vingt-cinq fois en marquant des pauses, de sorte que, peu à peu, entre dans les chairs la douleur. Frapper en faisant durer pour que le crâne des autres n'oublie jamais. Frapper jusqu'à ce que l'esprit se jure d'obéir afin de ne pas subir le même supplice… À peine le premier détaché, le suivant est ligoté au chevalet pour une raison aussi obscure, et un troisième sorti des rangs. Celui-là est accusé d'avoir parlé pendant que Hans Loritz faisait de même. La sauvagerie se poursuit par la pendaison d'un vieux soupçonné de voler du pain. Suspect n'est pas coupable, mais le doute ne profite pas au cadavre ambulant, déjà mort de faim à en juger par la maigreur des jambes brassant l'air en un ultime sursaut.

Le supplice se déroule en musique, cymbales, trompettes et cuivres ; le nazi aime la fanfare, elle lui tire les larmes des yeux, gonfle son cœur de mélancolie. Il se sent tellement humain en écoutant ses airs préférés. Pendant l'exécution, je n'ai pas lâché des yeux Loritz, porc gras engoncé dans son uniforme noir, coiffé d'une casquette où étincelle une tête de mort. Je me répète en boucle que sa mise en scène cherche à nous réduire à l'état de larves. Donc qu'il ne faut pas y croire, mais lutter, résister. La tenue soignée du dominant participe à la déchéance, à la soumission, à la résignation du dominé, pouilleux, et tous de la même façon, des milliers reproduits et démultipliés sur lesquels est greffé un triangle de couleur rappelant que le déporté appartient à une sous-race, qu'il n'a aucun droit à la dignité humaine, qu'il n'y a ni abus ni injustice à le traiter comme une bête. L'emploi de la couleur réveille l'instinct de la mort, donne le droit de commettre les pires exactions. Il garantit l'impunité à celui qui porte l'habit SS puisqu'il ne maltraite pas un semblable, mais un triangle dont Loritz s'applique à expliquer le sens aux arrivants, non sans plaisir : jaune pour le juif, rouge pour l'opposant politique, rose pour le « pédéraste », vert pour le criminel de droit commun, noir pour l'« asocial », un fourre-tout à l'étiquetage imprécis et sans importance puisque aucun triangle n'est humain.

Mon sigle est rouge. Deux feuillets rédigés ont suffi pour me l'agrafer.

*

À perte de vue, un alignement de baraques uniformes, une place immense où fourmillent des milliers de prisonniers dans des tenues rayées… J'ancre ces mots dans ma tête, cette partie de moi inaccessible aux bourreaux du camp d'Oranienbourg-Sachsenhausen.

Le cercle de lumière dans lequel parade Hans Loritz disparaît, l'orchestre rompt les rangs. Mais attention à ne surtout pas bouger ! Un gradé du genre lieutenant se place derrière le micro pour fournir des explications aux arrivants. Ordre de tendre l'oreille à la zizique qui va suivre. Demain, à l'aube, le chef fanatique et ses sbires fardés de haine forceront les esclaves à répéter ces paroles et notes en partant travailler dans les kommandos. *Verstanden ?*

Obéir, sinon, la schlague – le premier point du règlement qui ouvrirait la voie à la liberté.

À présent, la musique jaillit de haut-parleurs, et je m'en fous. Depuis que j'ai quitté le wagon des 102, j'entends la voix de la mère du chant de Silésie qui attend le retour de son fils, assise sur un banc. Dominant l'orphéon aryen, elle me dit que je suis l'un des siens, que chacun d'entre nous est différent, qu'elle nous aime tous.

2

Première nuit à Sachsenhausen. La vermine besogne la peau. Recroquevillé dans le châlit du haut où suinte l'odeur de celui qui m'a précédé, je garde les mains serrées au creux des cuisses afin de capter la chaleur qui s'y cacherait. J'ai l'impression de m'être glissé dans le cercueil du type d'avant, emporté par le typhus, comme me l'a expliqué Piotr, installé en dessous.

Combien de morts imprègnent ces quatre planches de bois ? Le dernier ne doit pas regretter la fin de son calvaire. En héritage, il me laisse un matelas bourré de papier infecté de maladies. Ma fin, m'annonce-t-il, est aussi certaine que deux plus deux font quatre, et le mieux serait de ne pas tarder car, plus le temps passe, plus tout, ici, devient insupportable. Autour, des ombres gémissent leur souffrance en dormant. Je devrais en faire autant, mais n'y arrive pas. J'écris dans ma tête, yeux fermés. *À perte de vue, un alignement de baraques uniformes, et une place immense où fourmillent des milliers de prisonniers dans des tenues rayées.* D'autres images surgissent, la mort y tient le rôle principal, je jure de ne rien oublier – je suis certain d'y arriver. Depuis mon plus jeune âge, la mémoire est mon alliée. Grâce à elle, j'ai vaincu mes « hésitations verbales d'enfance », comme en parlait notre médecin de famille. « Barguigner » avec les mots, préférait dire ma mère pour me protéger des moqueries. C'était plus chic que de me traiter de bègue, mais, à dix ans, je l'étais sacrément – et par ma faute.

*

Izak et moi allions à travers champs retrouver une bande de fiers-à-bras hauts comme trois pommes. Prétendant au titre de chef, je marchais devant. Un câble électrique tortillé dans l'herbe à la façon d'une vipère avait attiré mon regard. Izak, lui, avait repéré le pylône distribuant la haute tension. D'un coup de menton, il m'avait alerté. La prudence ordonnait de s'écarter, mais, pour montrer qui commandait, j'avais haussé les épaules et, sans hésiter, empoigné le danger tombé du ciel… Mon cœur s'était-il arrêté de battre ? Avant, je jouais plutôt bien du violon. Ce jour-là, mes rêves de mélomane s'étaient envolés. Deux doigts de ma main gauche se recroquevillaient dans ma paume comme ceux de Mateusz, un berger de chez nous, tordu de partout. Izak m'avait secoué : « Alex ! Ça va ? » J'avais caché la pogne blessée dans mon dos, décidé à répondre qu'une étincelle ne changeait rien, mais les syllabes bataillaient dans ma bouche. Ma langue n'obéissait plus.

— Apprends par cœur les mots qui trébuchent dans ta cervelle de chien fou. Répète-les jusqu'à les apprivoiser. Après, lance-toi ! Tu ne bégayeras plus.

Un hypnotiseur un poil rebouteux m'avait donné ce conseil – et sauvé. Mais si je voulais jouer trois accords maladroits à la guitare à défaut d'être un virtuose du violon, chanter, monter sur scène, amuser la galerie, il fallait travailler ma mémoire. Je l'ai fait sans relâche, retirant aussi la corde du *mi* aigu à l'instrument, l'accordant à ma façon, devenant à seize ans « le guitariste à trois doigts au répertoire de mille chansons ». Je ne me plaignais pas. J'avais appris le courage.

Je sifflais, j'enchaînais les ritournelles polonaises, j'ajoutais au programme un brin de comédie. *ALEX* brillait en lettres sang et or sur les affiches d'un cirque où j'accompagnais en musique le clown Winkler qui faisait s'esclaffer le public aux malheurs de son comparse, pitre triste. Eux deux n'avaient pas besoin d'être heureux pour amuser.

*

De quoi peut-on rire à Sachsenhausen ?

À perte de vue, un alignement de baraques uniformes… Et une place immense où fourmillent des milliers de prisonniers dans des tenues rayées. Loritz, le commandant du camp, leur donne rendez-vous. Il s'affiche au centre éclairé par le halo d'un projecteur. « Je n'accepte aucun manquement au règlement », hurle-t-il aux nouveaux venus.

Avec ma mémoire qui n'oublie rien, je vais tout retenir. Même sans papier ni stylo, j'écrirai, d'autant que, en plus d'être artiste dilettante, et un peu étudiant, je suis journaliste. Jusqu'à mon arrestation, je collaborais à une revue ennemie de l'occupant.

Hanna, à qui je lisais parfois des articles quand nous étions au lit, me traitait d'imprudent. Se moquer d'un ennemi ombrageux était la meilleure façon de se brûler les ailes – après les doigts, ajoutait-elle. Il n'y avait ni bravoure ni héroïsme à rédiger à la hâte un papier dans lequel j'affirmais qu'un morceau de beurre avait plus de raison qu'un *Führer. Genug Hitler, Heil Butter !* Hitler, ça suffit ! Je bénissais le beurre, plus utile que les gesticulations d'un tyran. Qu'il parte et laisse en paix la Pologne ! Et plus stupide qu'un panier sans anses, j'avais signé : Aleksander Tytus Kulisiewicz. Pourquoi tant de crânerie ? s'assombrissait Hanna. À quoi bon s'alarmer ? répondais-je en baisant ses lèvres. Ces lignes avaient été publiées dans un journal militant, au nez et à la barbe des nazis. Sa diffusion confidentielle me mettait à l'abri.

Mais la presse subversive était précisément ce à quoi s'intéressait la milice gestapiste, et, pour trouver le coupable, il suffisait de lire mon nom. Militant à l'Union de la jeunesse démocratique polonaise, pacifiste, antifasciste, et surtout inconscient, mon compte était bon. *Genug Hitler, Heil Butter !* Pas de quoi renverser le Troisième Reich ; assez pour que l'auteur de la raillerie connaisse ses sévices.

Dès l'arrestation, la police politique du Troisième Reich m'avait frappé. Les interrogatoires s'étaient succédé sans résultat. On cherchait ce que je ne savais pas.

On m'avait fait mal, je souffrais, ma montre était cassée, mais j'étais vivant. Après quelques jours en cellule, mon visage et mon dos avaient cicatrisé. J'étais nourri, on me foutait la paix. Bientôt, je serais libre. Quatre mots extraits de deux feuillets, une broutille, ne pouvaient me condamner à mort. Dans un cachot sans soupirail, les repères s'effaçaient. Était-ce la nuit, que devenait Hanna ? Au début, je m'étais inquiété, mais on ne m'avait pas questionné sur elle, son nom n'avait jamais été cité. Combien de fois avais-je imaginé le moment où elle m'attendait à la sortie de l'atelier, mi-furieuse, mi-alarmée, décidant finalement de rentrer ? J'entendais son pas léger, le cliquetis de ses talons, je jalousais l'escalier qui reluquait sa chute des reins. La porte fracturée, les tiroirs retournés, le matelas éventré, pas besoin d'être sorcier pour comprendre que le Nouvel Ordre venait d'imposer le sien. Elle s'angoissait – me regrettait-elle ? Ma faute était légère, ma peine serait courte. Quatre mots ? Quatre mois enfermés, pariais-je, y ajoutant les menaces d'usage – on vous a à l'œil ! – et je la retrouverais.

Mais l'esprit, séquestré pendant un temps incalculable, finit par divaguer. L'idée d'adresser une lettre à Hanna *aux bons soins des nazis* surgit. J'y regrettais ma crânerie, admettais que je n'étais pas irrésistible, qu'invoquer la mort portait malheur, et je finissais par me convaincre que, en lisant ces lignes, le plus gestapiste des gestapistes conviendrait que la leçon avait servi. Quand ma lucidité revenait, je renonçais à ce projet qui aurait attiré les regards sur Hanna. Puis la folie renaissait. Pourquoi me laissait-on sans m'interroger ni m'infliger de coups ? Alors je tapais dans la porte de la cellule, suppliais qu'on entende, et j'avais compris ce que cherchaient mes bourreaux lorsqu'elle s'était enfin ouverte.

*

Un *Hauptsturmführer* à l'allure de fonctionnaire m'avait reçu dans un bureau. Il avait feuilleté le dossier d'un air navré : « Reclus si longtemps pour si peu, c'est regrettable, mais cela risque de durer si vous ne me donnez pas quelque chose à me mettre sous la dent… Dites-moi qui imprime le journal qui publie vos bêtises, et je reconsidère votre cas. »

J'avais répété que j'étais un voltigeur sans lien avec la résistance, un artiste un peu étudiant qui n'avait pas réfléchi à la portée de ses mots. « Je sais. J'ai épluché votre vie, avait repris l'autre calmement. Vous êtes imbécile, mais pas très dangereux. C'est pour ça que je pourrais vous aider. N'avez-vous pas envie de reprendre votre vie, de revoir (il avait fait mine de chercher dans ses papiers)… Hanna ? » Comme un poignard qu'il me plantait dans le dos… J'avais trouvé la force de répondre que, s'il avait vraiment vérifié, il savait que cette couturière se foutait de ma vie autant que moi de la sienne. Il avait encore farfouillé. « C'est une ouvrière bien notée et, semble-t-il, innocente. » Ce n'était pas elle qui m'aiderait, avais-je répliqué. Le visage du SS s'était durci : « Sauver votre peau, cela vous intéresse ? » D'une voix solide, j'avais répondu oui. « Eh bien, avait-il conclu en ajoutant mon nom sur une liste, vous vous y prenez mal. Je suis convaincu que, vous aussi, vous êtes inutile. Et indécrottable… »

Le soir même, je montais dans le wagon des 102. Quatre mots avaient suffi pour m'offrir Sachsenhausen, non loin de Berlin. C'était en avril. J'avais été arrêté en janvier.

3

La première nuit dans le châlit, je découvre ce qu'est la vraie faim. Celle qui empêche de trouver le sommeil. La ration du soir qui tient en deux tranches de pain mou et en un bol de bouillon sans consistance qu'il faut surveiller à s'en crever les yeux.

Le rituel se déroule ainsi.

Dans une pièce attenante à celle des châlits se serrent deux cents affamés. Tous ne sont pas assis, les places sont rares, les tables trop petites. Chaque portion s'apprécie au gramme, au centilitre près. On joue des coudes pour approcher le chaudron placé au milieu, les mains mendient, les yeux guettent la possession voisine, la jalousent. Ça ne parle pas, ça grogne, ça piétine, se bouscule, c'est trop long. On tuerait pour le dernier bond en avant. J'y suis, j'y ai droit.

Je remercie le déporté chargé de la distribution. Qui ne répond rien, ne me regarde pas. Il soupèse chaque portion. Sa louche garantit l'égalité entre chaque quantité d'eau grasse et chaque fraction de mie.

Ma gamelle est froide quand je repère enfin un bout de table. Le banc est plein. Coup d'œil à la ronde afin de dégoter de quoi s'asseoir. Un poil d'inattention, dix secondes sans veiller, et mon bien disparaît dans un gosier affamé.

*

Piotr m'a offert la moitié de son bol.

— Tu payeras ta dette une autre fois.

Il a aussi partagé sa cigarette après notre semblant de repas. Il tousse quand il tire sur le mégot jusqu'à se brûler les doigts.

— Pour tenir, il faut manger et dormir. Vaudrait mieux aussi ne pas fumer… Demain, perds pas ton temps à gober les mouches. Avale sans réfléchir.

Sur sa paillasse, Piotr tousse encore, mais il n'est pas le seul. Je sais qu'il travaillait dans les mines de Silésie, qu'il a l'esprit résistant, est proche des communistes, à un iota près : les yeux doux de Staline à Hitler, ce n'est pas à son goût. Il porte le triangle rouge depuis le 18 octobre 1939. À trente ans, il en fait vingt de plus. Ça l'amuse de dire qu'il a « beaucoup mûri en quelques mois ». J'essaye d'imaginer à quoi ressemblait sa silhouette fragile, son visage crasseux, cette main amaigrie pinçant un bout de cigarette entre deux doigts jaunis. Condamné sans limite de temps, il a pourtant arrêté le jour de sa liberté : quand Hitler mourra. Mais c'est si lointain. Et incertain… Comme un labyrinthe qui se creuserait de plus en plus dans sa cervelle.

— Pour ne pas se laisser mourir, il ne faut surtout pas compter les jours… Tu dors ?

Il se redresse, me regarde d'en bas.

— Non, bien sûr, murmure-t-il, et je sais à quoi tu penses. Tu réfléchis à la façon de t'évader. On l'a tous fait. En arrivant ce matin, tu as sondé la hauteur des murs, tu t'es dit, les barbelés, j'en ferai mon affaire. Tu as encore de la force, et tu te vois déjà dehors. Tout le monde commet la même erreur…

Il s'assoit sur le bord du châlit en soupirant.

— Un seul a réussi à s'échapper. Il y a longtemps. Et puis, plus rien, *nada*, personne. Si une tête manque à l'appel, Loritz lance sur sa trace des camions bourrés de soldats. Le fugitif se fait repérer. Pas de forêt, pas de grange pour se planquer, eux, ils ont les chiens. De temps en temps, un inconscient tente. Je crois qu'il a décidé de choisir sa mort, du genre, je vous emmerde ! parce que, d'avance, on sait que c'est foutu. Vaut mieux que le héros se fasse descendre tout de suite car, sinon, dans le voyage retour, on le fourre avec les chiens. Et ils s'en occupent, sont dressés pour. Surtout le visage. Défiguré, ce n'est pas de trop. Le plaisir de Loritz ? Faire ensuite marcher le camp devant les têtes en charpie. Ça briserait les vocations.

Loritz danse devant mes yeux, plastronne sur la place d'appel dans sa tenue de diable travesti en nazi. Je vois le défilé des déportés afin que les morts et les vivants n'oublient jamais sa loi, et je me dis aussi que, sans son costume, ses chiens, ses gardes, le SS-*Oberführer* et sa moustache taillée de sorte à imiter celle de son maître auraient l'air de rien, de pas grand-chose – c'est absolument vrai, grimace Piotr. Avant de se joindre au Führer et de monter en grade jusqu'à devenir commandant de camp, il n'était qu'un employé de l'usine de gaz municipale d'Augsbourg, symbole d'un destin tracé d'avance. Une fourberie de la vie, aurait raillé le clown Winkler qui savait rire de tout.

— Cherche pas à t'enfuir et compte pas les jours comme le camarade avant toi. Il additionnait les semaines et les mois, pensait que ça l'aiderait à tenir. Mais quand on ne sait pas lorsque viendra la fin, chaque jour est une tumeur qui gangrène la raison. Lutte pas avec le temps, c'est toi qui perdrais. Oublie-le… Fais comme moi : espère que Hitler meure bientôt et, d'ici là, résiste aux obsessions.

En parlant, Piotr rassemble dans sa paume les brins de tabac qu'il reste de son mégot. Il les glisse sous une planche du châlit, les ajoute aux petits tas précédents. À force, il fabriquera une cigarette entière roulée dans du papier. Y a pas meilleur qu'une tige de poussières de feuille n'appartenant qu'à soi.

Pour fuir le temps, chacun sa méthode. Fumer, c'est comme accumuler des mots et des phrases dans sa tête.

*

À perte de vue, un alignement de baraques uniformes…

— Maintenant, faut dormir, Alex…

— Je peux encore te poser une question ?

Il soupire, mais ne se rallonge pas.

Je résume ce qui est arrivé au comptable de Kazimierz. La phrase peinte sur une baraque, l'autre idiot qui traduit à voix haute.

— Qu'est-ce que ça racontait ?

Ma mémoire n'oublie rien :

— « Il existe un chemin vers la liberté. Ses bornes s'appellent obéissance, application, honnêteté, ordre… »

— Et ça a rendu fou les SS, m'interrompt-il.

— Ils l'ont frappé et emporté inconscient.

— Ces mots sont de Himmler. Paroles d'Évangile ! Ils ont cru que ton bonhomme se foutait de sa tronche.

Il grimace.

— Ça ne sent pas bon.

Piotr regorge d'idées sur l'avenir du comptable. Mort, pas encore, pas nécessairement, mais la liste des châtiments est interminable. Le Traitement 25 n'est qu'une illustration de l'ingéniosité du geôlier en chef. Si les reins n'éclatent pas, on peut s'en sortir, à condition de soigner les plaies provoquées par la schlague. Pour cela, faut de la graisse, et elle se négocie au prix fort contre du pain ou de la soupe. Or, troquer, c'est le début de la fin. Avec les rations qu'on nous sert, on meurt à petit feu si les soins durent plusieurs jours.

Piotr, lui, s'est sacrifié en partageant son repas avec moi.

— Ton bavard, on verra demain s'il subit le Traitement 25, continue-t-il. En attendant, il est en prison.

*

Le séjour dans « la geôle de la geôle » varie. Dans un monde normal, la peine est tarifée, connue d'avance. À Sachsenhausen, la sanction est incertaine, arbitraire. Pour une infraction mineure, elle s'élève à vingt-huit jours, parfois plus, parfois moins, à la gueule du client. Avec une ration de soupe et de pain qui ne varie pas. Si l'expiation s'allonge, la nourriture diminue, le repas chaud est servi tous les trois jours. Si ça ne suffit pas, y a le bunker, « la geôle de la geôle de la geôle », un trou sans lumière où il est impossible de s'asseoir ni de se coucher.

Punir est aussi un spectacle organisé en public sous le nom de « Pénitence du crapaud ». La règle du divertissement tient en une phrase : choisir un famélique au hasard et le forcer à marcher accroupi, mains croisées derrière la nuque, à se trémousser dans la position du crapaud afin que la schlague n'épargne aucune partie de son corps. L'homme devenu batracien, coassant de douleur, gesticulant pour éviter le fouet, quelle rigolade ! Du haut des miradors, les gardes se tiennent les côtes. Parfois, le SS, bon public, accorde sa grâce au pantin. Il en a tant d'autres sous la main.

*

— Je dis tout ça pour que tu te méfies. Montre jamais que tu es faible. Le SS s'en prend d'abord aux faibles. Mais j'ai pas fini…

— Fais-moi plaisir, réponds-je à Piotr, gardes-en un peu pour plus tard.

— Pas cette nuit, je suis crevé. Retiens que ça. Contrairement à ce qu'a récité ton comptable, tu ne trouveras ni loi ni bornes dans ce monde, rien que l'arbitraire. Et tu ne pourras jamais en sortir. Essaye de dormir, maintenant…

*

Il existe un chemin vers la liberté… Ses bornes s'appellent obéissance, application, honnêteté, ordre… Je rentre ces mots dans ma tête. Les y enfouis.

« Quand reviendras-tu ? » La dame du banc murmure, répète pleine de tristesse : « Quand reviendras-tu ? » Je ne réponds rien pour ne pas mentir. Je ne suis pas comme Himmler, l'auteur de la connerie peinte en gothique sur les baraquements.

4

L'eau coule sur l'ampoule accrochée à une poutre, juste au-dessus de ma tête. L'éclairage est faible, le fil électrique dénudé. Ma main en est si près que je pourrais le serrer jusqu'à ce que mon cœur s'arrête de battre. De loin, comme dans un rêve, Izak me supplie de ne pas approcher du danger, mais je m'en fous. Cette fois, je ne lâcherai pas. J'ai plus de force que lorsque j'étais gamin, et j'en ai vu, entendu assez. Nul besoin de s'attarder. Alors je frôle l'ampoule et fixe le fil qui remonte le long de la poutre d'où l'eau tombe en faisant ploc. Dehors, il pleut.

*

Le halo éclaire mes mains. Dans le noir, il y a les ombres. Aucune ne s'intéresse à moi, aucune ne m'empêchera. Je suis allongé sur le châlit d'en haut où, selon Piotr, on se pèle l'hiver, et l'inverse en été. L'air manque et pue. Je m'en fous aussi. Je me fous déjà de tout. « Le fil dénudé, c'est ta chance de t'en tirer… » Et je répéterai ces mots en boucle jusqu'à trouver le courage d'attraper la mort.

*

La lampe grésille, ça sent le chaud. L'eau joue l'équilibriste sur l'arête de la poutre. À intervalles réguliers, une goutte tombe sur mon front. Ses sœurs filent rejoindre les ombres qui s'agitent en bas. Moi, je suis à un rien du ciel. Si je l'atteins, mon malheur prendra fin.

Dans le train vers Sachsenhausen, les cafards s'évadaient bien, je ne suis pas plus bête qu'eux. Je revois la lucarne du wagon, le « vasistas ! ». La chiure des mouches bleues qui aiment le cadavre a disparu, le ciel, infini, se montre désormais. Le SS Loritz va être déçu : je choisirai moi-même le moment où je me métamorphoserai en charogne.

Je caresse l'eau. Ferme les yeux. Le plafond n'existe plus, l'horizon me rejoint, ou bien je m'en rapproche – mais quelle importance ? Ce qui compte, c'est de l'atteindre. Je sens la chaleur de l'ampoule. Si je serre le fil, c'est gagné. Faut juste sauter le pas.

*

— La Brute arrive !

Les ampoules fixées au plafond s'allument en même temps. Les ombres se précisent, le même ramassis d'hommes, de crânes, de torses décharnés que la veille. J'entame mon deuxième jour à Sachsenhausen.

— Debout, Alex !

Piotr me tire par le bras.

— T'entends ? Bouge-toi !

Les ombres gesticulent, s'affolent. Une harde prise au piège. Soudain, Piotr s'écarte en jurant. Il est trop tard pour faire de même… Une douleur me cisaille le thorax.

— *Schnell*[1] !

Le deuxième jour, je fais connaissance avec la schlague. Je lève les bras pour protéger mon visage, le coup suivant part. Ma main a fait barrage, la paume tout pris. Une souffrance si forte que je baisse la garde. La Brute n'a plus qu'à s'en prendre au crâne.

— *Schnell !*

La Brute, un droit commun, moitié complice, moitié esclave des nazis, beugle aussi fort qu'eux. Piotr a prévenu, il aime la mort. Mais je ne veux pas finir lynché. Alors je descends du châlit, poussé vers la sortie par la matraque. Le contrat passé entre ses maîtres et lui est simple : plus il mate, plus on flatte son échine de chien asservi. Tête baissée, j'avance, docile. Et lui se désintéresse de moi. Dans sa dictature de pas grand-chose, les chats à fouetter ne manquent pas.

Piotr est devant la porte.

— Je t'avais prévenu.

La plaie saigne.

— Bouge tes doigts.

Je grimace. Depuis l'enfance, cette main gauche n'a pas de chance.

— Ça va aller, grogné-je.

— Suis-moi.

Il m'entraîne dans le flot des ombres.

— Et arrête de traîner…

Il est 4 h 30 du matin. Aucune raison de se plaindre ; l'été, à Sachsenhausen, le réveil se fait une heure plus tôt.

1. « Vite ! »

— Retire ta veste.

J'obéis. Se mettre torse nu, courir au lavabo, passer la tête sous l'eau glaciale, s'écarter aussi vite, et ne jamais regarder la Brute qui attend, trique en main, un rien d'indiscipline pour frapper. Piotr enfile de nouveau sa veste, je l'imite. D'un coup de menton, il montre ma paire de *Höllander*, ces sabots à semelle de bois. Je les chausse, visse sur mon caillou - rasé, plus un poil, boule à zéro polie comme un galet - une sorte de béret à rayures. Tenue enfin complète. Nous rejoignons la pièce commune qui sert de réfectoire. J'avale un authentique jus de gland et deux tranches de pain noir.

— Mâche lentement, conseille Piotr. Ça donne l'impression d'en avoir plus.

Il a déniché deux places assises. On se fait face. Ce guide me réconforte, ne cesse de parler. Cherche à savoir ce qui trotte dans ma tête.

— Tu broies du noir ?

Je bougonne :

— Je mastique. C'est ce que tu m'as dit de faire…

Il sourit.

— T'as les méninges qui tournent dans le vide. Ne t'en fais pas, on est tous passés par là… Bon, j'en étais où ? Ah oui, la Brute…

*

Ce n'est qu'un second couteau. Le Kapo, lui, sert de cheville ouvrière au système. Sélectionné parmi les droits communs, il exécute la besogne des SS qui se lavent ainsi les mains du sang des déportés.

Sans se mêler aux pouilleux, le nazi observe son commis, le Kapo chargé de la tyrannie de base. Qui lui se répète qu'il ne fait qu'appliquer l'ordre d'un petit *Führer* obéissant à un *Führer* un poil supérieur, et que tous sont des uniformes et des ordres. Entre Hitler et le Kapo n'existent plus que des instructions appliquées à des numéros, des triangles de couleur sans plus de consistance qu'un « morceau » – *ein Stück*. Suffit d'exécuter, les yeux fermés et le nez bouché, pour se croire irresponsable. Voilà comment dormir sur ses deux oreilles.

Piotr explique bien. Il n'en tire aucune gloire, ça lui viendrait de sa formation politique.

— Hier soir, tu m'as raconté que t'étais là à cause d'un article dans lequel tu défendais la liberté. Tu penses que les idées font avancer le monde, qu'il pourrait être meilleur, poursuit-il alors que ça bouge autour de nous. Hitler se méfie des idées. Il n'utilise que celles qui le servent. En voilà une : tout va mal à cause des juifs, des communistes, de toutes les impuretés qui empêchent le Grand Reich allemand de tourner rond. Et toi aussi, tu es une maladie, un microbe à éliminer. Ce n'est pas un ordre général, ça viendra, j'en suis sûr, mais une insinuation, une idée impalpable si simple que même le Kapo Czarny comprend. Celui-là, ne le cherche pas, ne le regarde jamais. Tu te fais oublier, tu n'existes pas, tu n'as aucun droit. Pigé ?

Aussitôt, il se lève. La salle est presque déserte.

— Et il est où… Czarny ?

Piotr dévisse la tête d'un quart de tour.

— Le gars qui te regarde de travers parce que tu traînes. Ne le fixe jamais… C'est Wilhelm Böhm, mais on le surnomme Czarny[1]. L'un des plus dangereux.

Moi, je ne vois qu'un nain bossu affublé de bras trop longs. Un singe qui aurait servi de belle tête à claques au clown que j'accompagnais autrefois.

— Rigole pas. Il est dangereux. Allez, grouille ! C'est l'appel.

*

La même scène que la veille. Le jour n'est pas levé. Hans Loritz entre dans le cercle de lumière distillée par un immense projecteur accroché au mirador de l'entrée, des milliers de détenus alignés en silence le regardent. Les chefs de block gagnent l'allée centrale de la place d'appel au pas de charge. Dans un alignement parfait, chacun brandit les noms des prisonniers. Block après block, la liste est passée au peigne fin par le *Rapportführer*. À l'exception de ceux décédés dans la nuit de maladie, d'épuisement, ou pour avoir été passés à tabac, personne ne manque. Camions et chiens restent à la niche.

Loritz disparaît, son projecteur *idem*. L'aube pointe le nez, les ordres s'enchaînent, départ pour les kommandos. Celui de Piotr confectionne des chaussures, le mien, c'est *Klinkerwerk*.

— Le kommando de la mort. J'espère te revoir ce soir, souffle mon camarade.

— T'inquiète pas, claironné-je. La mort, j'en fais mon affaire.

1. Signifie « Noir », en polonais.

— Qu'est-ce que t'as en tête ?

Moi aussi, je peux sourire... Et qu'il cesse de me regarder de traviole, il ne saura rien de ce qui m'unit à l'ampoule et au fil au-dessus du châlit. Et c'est sûrement pas ce qu'il m'a raconté sur le Kapo ou le kommando de la mort qui me fera changer d'avis.

*

Sur la route menant à *Klinkerwerk*, j'apprends qu'on y fabrique des milliers et des milliers de briques destinées à transformer Berlin en *Germania*, future « capitale du monde » dans laquelle Hitler réunira un jour la pureté des Aryens. « Un Reich en forme de nombril du monde... », grince à voix basse Andrzej, un maigrelet qui marche à mes côtés. Pour la mission, aucun sacrifice n'est assez grand, surtout pas celui des déportés à qui rien n'est pardonné : une brique à l'angle bancal devient un sabotage. Les cadences sont infernales, les pauses inexistantes, le trajet entre le camp principal et le kommando épuisant. Celui-ci se trouve sur le canal Hohenzollern reliant l'Oder et la Havel. À la seconde où nous y entrons, il faut se saisir d'un sac, le caler sur l'épaule, marcher à vive allure en évitant les ornières... Tomber avec le chargement donne droit à plusieurs coups.

Ce premier matin, Heinz Wollmann, l'un des nôtres, n'y coupe pas. Ses mains saisies par le froid lâchent un sac. La crosse s'écrase sur sa gueule, son nez et ses dents. Le visage en sang, il doit continuer. Sous peine de subir pire. Les pieds englués dans une argile pâteuse infestée, je fends des pierres à coups de masse.

Sol instable, nasse glaireuse jusqu'aux genoux. Faire un pas épuise. Pour ne pas s'effondrer, il faut plier les jambes, chercher un appui en posant une main dans cette merde qui s'accroche à la peau. Les yeux brûlent, les bras sont piqués de rougeurs qu'il ne faut surtout pas gratter. Un ancien m'a averti : « Si tu commences, tu iras jusqu'au sang. N'y touche jamais, sinon les plaies vont s'infecter. » À midi, je change de poste. Je dois transporter plus loin les pierres brisées. Un garde note chaque tournée.

Dans ce kommando, la mort est si certaine que Loritz y place ceux dont il veut se séparer vite. Les triangles roses tiennent la corde. C'est le goût et le choix du bourreau.

*

En rentrant, je suis si exténué que je ne trouve pas le courage de manger. Piotr me force à avaler. Je me traîne jusqu'au châlit. L'ampoule et son fil, eux seuls comptent.

— Tu dors en bas.

Piotr a décidé.

— Là-haut, c'est dangereux.

Il montre le fil dénudé et l'eau qui coule goutte à goutte :

— Je n'ai pas envie de perdre un ami le deuxième jour.

Il tire sa dernière bouffée.

— Fais-moi confiance, ça s'arrangera.

5

Le premier réflexe de l'arrivant était de rechercher un châlit libre. Alex ne s'était pas précipité. Avec sa taille moyenne, il se fondait dans la masse – un bon point à Sachsenhausen. Non sans mal, il se frayait un passage dans la marée d'épaules qui embouteillaient les allées et lui tournaient le dos. Au block des Schutzhäftlinge, *les déportés laissaient patauger les têtes nouvelles afin de se faire une idée de leur caractère, et nul n'échappait au Baptême de l'impétrant voulu par Nowak, l'un des nôtres, à qui rien ne se refusait, et parce qu'il avait raison : l'exercice avait du bon. On démasquait très vite le caïd, souvent un condamné de droit commun qui se pointait, la gueule de travers, les poings fermés, roulant des mécaniques afin qu'on comprenne à qui on avait affaire. Il ne cherchait pas un châlit, mais la place du dominant à coups d'effets de menton. Jacek, un agréable condisciple, s'était comporté de cette façon avant de comprendre qu'il existait Nowak, un vrai chef avec qui mieux valait faire ami-ami.*

On héritait aussi des faibles, repérés au premier coup d'œil à leur façon de baisser les oreilles. Il fallait se méfier de ces Judas en puissance, fragilisés par la faim, la douleur, la peur. Ils pouvaient chercher à obtenir une place dans un kommando dit paisible contre la dénonciation d'un « agitateur ». Les trahisons étaient peu fréquentes, mais le donnant-donnant monnaie courante. Dans ce petit monde reconstitué s'assemblaient les défauts et les meilleures qualités de l'homme, un empilement de natures plus ou moins heureuses qui tentaient de vivre ensemble.

Depuis son entrée au block, Kulisiewicz observait d'un air de dire : qu'est-ce que je fous dans ce bordel ? Tous les nouveaux le pensaient. Pour percer leurs personnalités, il fallait être attentif aux détails, et un regard jamais au repos était un indice insuffisant. Qui se cachait derrière ? Faible ou fort, combatif ou résigné, rusé, peut-être ? Il relevait les sourcils d'étonnement lorsqu'il tentait de lier connaissance sans retour, s'excusait de déranger, s'adressait toujours poliment sans perdre patience. Comme un comédien, il variait les postures et ne se décourageait pas qu'aucune ne séduise. Par curiosité, je lui avais fait un signe.

— Je m'appelle Piotr.

— Aleksander Kulisiewicz. Alex, c'est plus court…

Et dans notre poignée de main, j'avais senti naître un possible.

*

Le baraquement accueillait surtout des politiques. Au-delà de nos divergences, nous étions soudés par la détestation du nazi. Hélas, nous n'avions pu mettre de côté les divisions. Droite et gauche ne s'accordaient pas sur l'avenir de la Pologne, puisqu'on était convaincus que les portes du camp finiraient par s'ouvrir. Les uns regardaient à l'ouest, les autres à l'est, et tous, on dévorait des yeux la gamelle du voisin…

Sans être encarté, j'étais proche des communistes, filiation naturelle pour un mineur de fond de Silésie fils d'un père aussi pauvre que son père. Mais j'étais avant tout patriote.

Le Pacte germano-soviétique signé par Staline et Hitler avait rebattu les cartes. Les camps, les divisions me semblaient moins clairs depuis l'invasion et la découverte de la clause secrète organisant le dépeçage de la Pologne entre les deux ogres. Le Führer profitait de la neutralité de Staline pour nous broyer. Ces deux-là avaient dans l'idée de nous faire disparaître. En septembre 1939, la curée avait commencé. Rafles et ghettos, l'œuvre nazie avançait au pas de l'oie. Je n'étais pas d'accord avec ceux qui fermaient les yeux sur la tyrannie aryenne parce que c'était la volonté du Petit Père des peuples[1]*, moi, je ne regardais pas l'URSS comme une sainte. Juifs, slaves, communistes, tout ce qui n'était pas aryen et national-socialiste deviendrait soit l'esclave, soit le cadavre du Reich. Mais à la frontière orientale occupée par les soldats de Moscou, ça ne se passait pas mieux : ce qui n'était pas ouvrier était suspect. La police politique communiste raflait selon la classe sociale, et cet avant-goût de la dictature du prolétariat ne valait pas mieux pour moi que l'autre. Je ne soutenais plus l'Est et sa lutte des classes, encore moins l'Ouest et sa lutte des races, mais la cause de mon pays.*

Avant, je vivais à Nikiszowiec où le charbon était roi. On mangeait, dormait, respirait au rythme de l'or brun. Camarades jusqu'au sang, nous étions combatifs, solidaires, bienheureux… Et le Pacte germano-soviétique était arrivé. En descendant à la mine, en piochant dans la

1. Surnom de Staline.

veine, en remontant du puits, nous en discutions. J'étais de ceux qui blâmaient Staline, l'accusaient de trahison. Ses partisans, eux, regardaient leurs godillots. Quand nous allions, le dimanche – même les communistes –, écouter le curé à l'église Sainte-Anne, j'ajoutais mon sermon à la sortie de la messe. La houille arrachée à la terre servirait à fabriquer les chars, les fusils que Hitler retournerait contre les faibles. Où se trouvait Simon de Cyrène, celui qui avait aidé le Christ à porter sa croix au Calvaire ? Nous avions le nombre, étions unis. Notre arsenal, c'était la grève ! Les endoctrinés levaient les yeux au ciel. Nuire au Führer, c'était nuire à Staline car il y avait ce pacte. Il fallait se taire, qu'ils disaient. Mes amis me demandaient d'être rusé, fin politique, d'attendre de voir comment le vent tournerait.

Trop grande gueule pour ne pas devenir gibier, j'avais été arrêté le jour de mes trente ans, accusé de participer au complot de ceux qui offensaient l'Allemagne. On avait menacé de s'en prendre à ma femme et à mon fils, si je ne signais pas des aveux – en y ajoutant les tortures habituelles. Je n'avais pas cédé. « C'est sans importance. Puisque vous n'êtes rien, pas même encarté, personne ne se fera tuer pour vous. Mais vous servirez d'exemple. » Depuis, j'attendais la mort de Hitler pour revoir les miens, ces seules personnes pour qui je comptais.

*

Le premier soir, Aleksander Kulisiewicz avait connu un passage à vide. Nous étions tous passés par là. Sordide, désespérante, la première nuit était rude. Je n'avais pas dit à Alex que les suivantes le seraient autant, et parfois pires. La bienveillance, une des qualités qui nous avait menés à Sachsenhausen, nous différenciait des bêtes qui gardaient le troupeau. Alex s'était confié avec une sincérité déconcertante. J'apprenais du coup qu'il n'était pas méfiant. Naïf ? J'avais passé un long moment à lui expliquer le danger que représentait le Kapo, la cruauté de Loritz, le hasard qui déciderait de son sort… C'était trop. Je venais de commettre une erreur : le désespérer. L'idée d'en finir qui se mit à danser dans ses yeux n'était pas de la lâcheté, mais une forme de courage. Entier, déterminé jusqu'à mourir, c'était bien assez pour qu'on se serre les coudes.

Dans l'espoir qu'il tienne bon, je lui avais promis que tout s'arrangerait. Mais qu'il fallait de la patience. Alex ne possédait pas cette qualité. Il ne marchait pas, trottait d'un pas rapide, trop rapide, comme les mots qui sortaient en pagaille de sa bouche lorsqu'il s'emportait. Je lui conseillais de ne pas élever la voix, bien placé pour en parler. Il haussait les épaules et sortait son excuse : « Ne demande pas à un chanteur de se taire. Et n'oublie pas que je suis un ancien bègue… » Grâce à ce handicap, il avait développé une mémoire qui lui permettait de tout retenir. Alex, volontaire, entêté, avait aussi la manie de chercher sans cesse l'heure à son poignet. Je l'avais pourtant là encore mis en garde. Le temps tuait autant que le Traitement 25. Écoutait-il ? Lorsque mes leçons l'agaçaient, il se levait d'un bond : « Tu devrais plutôt arrêter de fumer ! »

En trois mois, Klinkerwerk, *le kommando de la mort, n'avait pas eu sa peau.*

*

Il avait raison. Je prenais pour excuse que la cigarette était un excellent moyen de troquer. Un donnant-donnant qui n'exigeait aucune compromission. Le Kapo était aussi asservi au tabac que moi, et cette faiblesse pouvait être utile. Aussi, lorsque ce salaud me sifflait – Cigarette, dépêche-toi ! –, je ne bronchais pas. J'appâtais.

Les cigarettes parvenaient jusqu'à Sachsenhausen par le biais de sociétés humanitaires dont les prisonniers critiquaient le silence sur la cruauté nazie. Mon opinion était moins tranchée. Sans elles, nous n'aurions pu maintenir le fil qui nous raccrochait à la vie. Peut-être payions-nous cher cet avantage, mais recevoir une lettre ou quelques clopes était un sacré réconfort. Jadwiga, *mon épouse, se sacrifiait pour m'envoyer des colis emplis d'amour. Elle écrivait que la solidarité jouait, que beaucoup me regrettaient, qu'elle se portait bien, que notre fils grandissait. Qu'ils s'en sortaient. Des mots qui passaient la censure et qu'il fallait déchiffrer en creux.* Jadwiga *voulait dire « le combat », en polonais, et je savais qu'elle bataillait comme une lionne. Je lui devais de tenir bon. Alex ne recevait ni lettre ni affection. Par amour, il se l'interdisait. La responsable était Hanna, une femme dont il parlait longuement, s'étonnant de l'avoir séduite, mais qu'il avait rayée de sa vie par peur qu'on ne lui fasse mal. Elle ne devait jamais chercher sa trace, comme ils se l'étaient promis. Leur griserie d'un mois, ce n'était rien, mentait-il. Rompre les liens était sa façon de l'aimer davantage, de la protéger. Chaque soir, il me racontait encore Hanna pendant que je tirais sur ma cigarette jusqu'à ce que, enfin, en écrasant un mégot si court qu'il me brûlait les doigts, je lui dise :*

— Regarde bien cette tige. Elle vaut son pesant d'or…

6

Avec quelques pincées de tabac, Piotr soudoie le Kapo. En échange, il m'ajoute chaque soir sur la liste du kommando fabriquant des chaussures. Mon espérance de vie grimpe. Piotr dit, en rigolant, que tailler des semelles est une mission plus « pantouflarde » que casser des pierres. Je ne cesse de le remercier, même si le prix à payer est lourd : lui rogne sur son seul plaisir, et moi, ou j'accepte, ou je crève à *Klinkerwerk*. En regardant le verre à moitié plein, on m'offre un sursis. À moitié vide, il a une autre allure : vivre en esclave, est-ce mieux que mourir ?

— À Sachsenhausen, répète Piotr, un peu moins que pire est une victoire. À Nikiszowiec, une voisine manquait de tout. Ses six frères et sœurs avaient été emportés par la grippe espagnole après la guerre de 14-18, et son mari par une tumeur au cerveau alors qu'elle venait d'avoir trente ans. Juste avant de mourir, il avait jeté le réveil de la table de chevet contre un miroir et vomi du sang. Après l'avoir enterré, elle s'était décidée à récolter les morceaux de verre, laqués de rouge séché. En découvrant dans un éclat que ses cheveux grisaient, elle avait réalisé qu'elle n'avait pas regardé son visage depuis longtemps. Était-elle encore jeune ou déjà vieille ? Seule, oui. Et tu sais quoi ? Un simple bonjour lui rendait son sourire.

— Tu veux prouver quoi ?

— Que fabriquer des chaussures en tenue rayée, le ventre vide, la schlague dans le dos, c'est avilissant, mais qu'ici, il y a toujours pire. La veuve m'a appris qu'on se faisait à tout.

*

Sur le site de Speer, la bestialité tue. On récupère ce qui peut servir à l'effort de guerre. On découpe des carcasses de bateaux, de voitures, de postes de radio, d'avions, de moteurs, etc. provenant du pillage de l'Europe occupée. Deux mille hommes amassent du cuivre, des câbles, du plomb, de l'étain, du caoutchouc sous le contrôle d'Albert Speer, haut dignitaire du Troisième Reich, intéressé aux résultats, donc à la productivité. En rongeant jusqu'à l'os une main-d'œuvre gratuite, remplaçable à volonté, l'affairiste grossit. Il arrête chaque mois le poids du matériel à récupérer. Cent tonnes en juillet 1940 – nous y sommes –, cent de plus prévues le mois suivant malgré la chaleur accablante. Production rythmée par le gummi, ce tube de caoutchouc qui maintient la cadence.

Le kommando Speer se trouve hors de Sachsenhausen. Un trajet aller-retour de six kilomètres, parcouru au pas cadencé. Le soir, le convoi s'arrête à la briqueterie de Klinker où chaque déporté s'alourdit de deux briques glissées sous les bras. Malheur à celui qui les laisse tomber, malheur à celui à qui l'envie d'uriner vient, malheur à celui qui souffre de dysenterie.

Pas d'arrêt, aucune pause. Le gummi veille. Muscles tétanisés, dos en feu, les esclaves de Speer, deux mille marionnettes, rapportent chaque soir « environ » quatre mille briques, le nombre exact variant selon la quantité des tombés en route. Peu importe qu'ils soient un ou cent, ils coûtent toujours moins cher que les litres d'essence qui auraient dû être dépensés pour le même trajet en camion.

Chez Klinker se fabriquent donc les briques, mais aussi des grenades. Les fours libèrent une forte chaleur, la poussière de charbon rend l'air irrespirable, aucun moyen de se protéger. Ni masques, ni gants, ni tabliers. Poumons, gorges, peaux, tout brûle. Même en se frottant avec du sable, la crasse ne part jamais et les plaies nées dans l'acide s'infectent. Après un mois, les survivants sont méconnaissables. On vendrait son âme pour échapper à Klinker, à Speer ou à Falkensee, un lieu où l'on dort sur place, enroulé dans une couverture souillée par les excréments des morts précédents.

Oui, il y a pire que la fabrique de chaussures, la marche du crapaud, le Traitement 25, la pendaison, le crématoire vomissant la cendre, les kommandos mortels. Il y a toujours pire.

Ne pas tomber plus bas, ne pas descendre d'une marche. Éviter les pièges… Exactement ce que n'a pas fait le comptable bavard du train, arrêté dès l'arrivée à Sachsenhausen

7

Fin juillet, je le croise devant l'entrée d'un baraquement voisin. Le mot « maigre » n'est pas assez fort. Famélique. En me voyant approcher, il cherche qui je suis, la tenue n'aide pas. Puis se souvient. Lui et moi, nous nous sommes connus presque humains. Son regard s'éclaire. Il va ouvrir la bouche pour parler, se ravise.

— Ici, vous ne risquez rien.

— Je suis bien content de vous retrouver, murmure-t-il.

Débit lent, voix mal assurée. Les yeux dans le vague, il raconte. D'abord, la prison – rations dérisoires, exactions arbitraires, l'ordinaire –, mais il s'est plaint. Parler, maudit défaut. De rallonge en rallonge, il a fini au bunker. Des jours et des jours – combien ? il ne sait plus trop –, sans s'asseoir ou se coucher, avec peu d'eau et un morceau de pain de la taille d'un poing.

— Et voilà où j'en suis…

Il flotte dans sa veste, plisse ses yeux de myope, tremble des mains. À présent, j'ai assez d'expérience pour juger s'il est taillé ou non pour les chemins difficiles que Himmler vantait sur ses affiches. D'autant qu'ici les postes de comptable sont rares.

— Mais ça va aller mieux maintenant que j'ai compris la leçon. À l'avenir, je me montrerai prudent...

Croix de bois, croix de fer, sur la bouche, il ne blablatera plus avec n'importe qui de n'importe quoi.

— Savez-vous dans quel kommando vous êtes affecté ?

Oui. Il savait.

— Je travaillerai pour M. Speer. Un industriel important.

L'entreprise, le monde qu'il connaît. Il imagine peut-être que, avec un peu de chance, et beaucoup d'abnégation, il gravira les échelons. Un bon comptable, personne ne crache dessus.

— Le kommando Speer, vous connaissez ? s'inquiète-t-il d'un coup.

*

Ce jeune homme avenant, je ne regrettais pas d'avoir fait sa connaissance. Dans le train, il semblait qu'il m'avait écouté sans me demander mon nom ni pourquoi j'avais été emprisonné. Par discrétion, je n'avais pas non plus posé de question, on me reprochait trop de parler à tort. Mon père, si juste dans ses mots, aurait sans doute su expliquer à la Gestapo qui m'avait arrêté au hasard d'une rafle rue Miodowa que ma serviette remplie de papiers à l'en-tête d'un bijoutier juif de Kazimierz ne prouvait pas que je frayais avec des criminels. Gustaw Buliński, fils d'Alfons Buliński, honorable comptable, n'avait rien à cacher. Je l'avais répété des dizaines de fois à l'interrogatoire, exigeant de voir un juge impartial, menaçant même que ça tournerait mal pour ceux qui m'avaient frappé quand on apprendrait en haut lieu la façon dont on me traitait… Mon officier questionneur était soudain devenu aimable. « Sur qui comptez-vous pour vous aider, monsieur Buliński ? » L'air contrarié de l'arrogant m'avait donné des ailes. Il me semblait bien que mon pauvre père m'expédiait depuis le Ciel un signal d'alerte, mais je n'y avais pas prêté attention. Porté par la fougue de l'innocent, j'avais lâché le nom du général Władysław Sikorski, Premier ministre du gouvernement en exil de la Pologne, en plantant cette ultime botte : « Ma famille est très proche du général Sikorski… » Les traits d'en face s'étaient durcis. « Parlez-vous du renégat qui a fui en France pour se joindre aux ennemis de l'Allemagne ? »

Désormais, j'entendais parfaitement la voix de mon père. Qui hurlait.

« Vous me posez un problème, avait poursuivi le SS. Mais rassurez-vous : je vais le régler. »

Depuis, beaucoup d'idées sombres tournaient dans ma tête. Je n'étais pas dupe, j'avais des oreilles et des yeux. Je savais que là où le train m'avait conduit, il n'y avait rien de bon. Mais cette fois, décidé : je me tairais. Je venais de le promettre au jeune homme retrouvé par miracle à ma sortie de prison, obtenue après avoir reconnu qu'il était criminel de se moquer de Himmler, donc que ma punition était juste. Je n'avais pas dit que j'ignorais qu'il s'agissait des paroles du Reichsführer-*SS, que je ne cherchais qu'à en expliquer le sens à ceux qui ne parlaient pas allemand. Bouche cousue. Croix de bois, croix de fer. La consigne était entrée dans ma caboche.*

Sinon, j'irais en enfer.

*

— Le kommando Speer, dites-vous ? Oui, je connais. Enfin, de réputation…

Bonne ou mauvaise, je ne précise pas. Lui sourit. Il imagine son verre à moitié plein. Qui se vide très vite. Huit jours à travailler pour Speer, et le comptable mourra.

Piotr a raison. Il y a toujours pire.

8

J'ai repris ma place sur le châlit du haut. Le fil électrique ne m'attire plus. Écrire dans sa tête, c'est mieux, les mots s'y accumulent en secret.

*

En août, Czarny, le Kapo à la gueule de singe, réclame davantage de tabac. Il menace Piotr, mais hésite à envoyer dans un kommando sans retour sa poule aux œufs d'or. Il lui accorde donc un sursis. À condition de le ravitailler. Et moi, n'ayant rien à offrir, je sers d'exemple.

Depuis, je décharge les eaux du canal dans un kommando plus mortifère que la briqueterie. J'y travaille en équipe, associé à Marek, un gaillard de dix ans mon aîné, bûcheron. Ça se mesure aux épaules, aux mains, au cou dont les veines se gonflent quand il soulève la vase sombre en chantant une rengaine d'origine slovaque. Les aïeuls du géant sont de ce coin du monde. Il a hérité de leur solidité et d'une aversion totale pour tout ce qui entrave la liberté. Sa haine des nazis et le dérouillage de l'un d'eux – qui tripotait une fille innocente – l'ont mené à Sachsenhausen. Il paye cher pour un coup de nerf de bœuf. Rien pourtant ne semble abattre cette bonne montagne de muscles, même s'il se plaint d'avoir perdu de sa force après un an de régime Loritz.

Il parle peu, le plus souvent pour m'encourager ou m'expliquer la meilleure façon de porter une charge lourde sans se briser le dos. Sinon, il fredonne en boucle une mélodie de trois notes. Je l'interroge sur les paroles. Le colosse ouvre en grand les deux battoirs qui lui servent de mains, manière de dire qu'il n'en sait rien. Ce chant de berger, explique-t-il, on y met ce qu'on veut, ce qui passe par la tête. « La musique appartient à personne, pas même aux oiseaux. » Marek, lui, chante pour Doty, une fille de son pays. Depuis juin 1938, il a confié un tas d'histoires à sa jolie blonde. Maintenant, il manque d'idées.

— Alors je fredonne les notes… J'espère qu'elle les entend.

Sa carcasse soupire.

— Toi, t'as rien à raconter ?

Ça ne peut être qu'une chanson triste destinée à Hanna… Les premiers mots me viennent naturellement, comme la lettre que je lui écris chaque nuit.

Cette eau maudite est si noire, si sale…
Et toi, tu es si loin de moi. Tu es si belle.

Je murmure les paroles. Marek tend l'oreille.

— Répète…

À mi-voix, je les pose sur l'air slovaque.

— T'as raison. Faut que Doty sache que ce canal est pourri et qu'on nous en fait baver.

Moi, je pense à Hanna, mais elle ou Doty sont les mêmes femmes. La suite arrive en douceur.

Mon village est si loin d'ici,
Mais il est si beau et si merveilleux.

— C'est bien comme ça, chez nous, sourit Marek. Continue…

Dans ce village brille mon soleil,
M'attendent tes lèvres, si douces et si chaudes.

— On dirait que tu connais Doty…

Mais cette eau maudite est si noire, si sale.
[…]
Tu es si loin de moi. Tu es si belle…

Là-bas, il y a Hanna ou Doty, ici, l'eau sombre, gorgée du sang des nôtres. Un jour, elle inondera Berlin, la *Germania* de Hitler.

— Ça me plaît, dit Marek quand je me tais. Doty va aimer.

Il crache dans ses mains avant d'attraper sa pelle.

— Trouve d'autres chansons. T'es plus fort pour ça que pour la vase…

9

De retour au camp, il faut se resoumettre à l'appel – droit comme un I ou jambes pliées et bras tendus, selon l'humeur – et aux punitions orchestrées par un bataillon de haut-parleurs vomissant de la musique nazie. Ce soir-là, « Deutschland erwache ! ». Allemagne, réveille-toi !

Sturm, Sturm, Sturm, Sturm, Sturm, Sturm !
À l'assaut, à l'assaut, à l'assaut, à l'assaut,
à l'assaut, à l'assaut !

Läutet die Glocken von Turm zu Turm !
Sonnez les cloches de tour en tour !

Läutet, dass Funken zu sprühen beginnen,
Sonnez jusqu'à ce que les étincelles jaillissent,

Judas erscheint, das Reich zu gewinnen,
Judas se montre pour conquérir le Reich,

Läutet, dass blutig die Seile sich röten,
Sonnez jusqu'à ce que les cordes soient rouges de sang,

[...]

Läutet Sturm, dass die Erde sich bäumt
Sonnez l'assaut jusqu'à ce que la terre se dresse

Unter dem Donner der rettenden Rache !
Sous le tonnerre de la vengeance libératrice !

Wehe dem Volk, das heute noch träumt !
Malheur au peuple qui rêve encore aujourd'hui !

Deutschland, erwache, erwache !
Allemagne, réveille-toi, réveille-toi !

Le couplet suivant prend une allure wagnérienne. Les Walkyries mènent la danse au Valhalla[1]. Hommes, vieillards, enfants, dormeurs se réveillent, qu'on sonne les mères, les jeunes filles, et même les morts ! Que tous se lèvent, exaltés par la prophétie d'un avenir radieux. Que ce monde acclame le Reich, l'Allemagne, *Germania*, Hitler. Que l'air gronde et brûle, que la tempête se déchaîne ! Les auteurs, Eckart pour les paroles et Gansser pour la musique, n'ont pas lésiné. Leur poison coule dans les veines du Reich.

Sturm, Sturm, Sturm, Sturm, Sturm, Sturm !
À l'assaut, à l'assaut, à l'assaut, à l'assaut,
à l'assaut, à l'assaut !

Loritz, lui aussi, appelle la tempête. Le demi-dieu bouffi de Sachsenhausen se raidit de plaisir. Il bande.

1. Les Walkyries sont des divinités guerrières chargées de mener l'âme des héros au Valhalla. *La Walkyrie* ou *La Valkyrie*, inspirée de la mythologie germanique, est l'un des quatre drames lyriques composés par Richard Wagner, si apprécié par Hitler.

Moi, je pense aux deux tranches de pain noir que j'essayerai de ne pas avaler d'une bouchée. Au demi-litre d'eau tiède où nage parfois un bout de gras. Mon ventre attend le mot préféré du Kapo – *Schnell !* – pour en finir avec ces foutaises.

*

Après un semblant de repas, je m'attarde hors du baraquement. Piotr fume la cigarette qui a échappé à la razzia de Czarny. Il grille le tabac par petites touches, lèvres serrées, expédiant la fumée dans ses poumons afin que le bonheur dure. Il tousse plus qu'il n'expire, crachant des glaires de couleur sombre qu'il enterre de la pointe de son sabot comme pour les tuer.

La chanson de Marek arrive comme ça, parce que nous parlons peu pendant ce moment essentiel pour lui. Je l'entonne sans y prêter attention. Pour combler le silence. Pour laisser Piotr en compagnie de son épouse, Jadwiga, qui lui envoie par colis des bienfaits que je me suis interdit. Pour rendre visite à Hanna en secret et chasser « Deutschland erwache ! » de ma tête. D'ailleurs, le fracas nazi s'efface, les paroles s'envolent, passent au-dessus des barbelés, filent jusqu'au trou des cancrelats, trouvent le chemin de Varsovie… Il n'y a plus de mouches bleues, rien ne sent la charogne, le vasistas est lumineux, le ciel aussi étincelant que les yeux de ma jolie couturière.

Tu es si loin de moi. Tu es si belle…

Deux, trois gars approchent. De quelle femme parlé-je ? Elle s'appelle Hanna, ou Doty, ou Jadwiga, ou Sarah, ou Bayla. Chacune compte. Marek dit vrai, la chanson slovaque n'appartient ni à lui ni à moi. Mais aux femmes que nous aimons, et qui, toutes, ont un visage unique.

Dans ce village brille mon soleil,
M'attendent tes lèvres, si douces et si chaudes.

Les paroles et les notes existent pour soigner les plaies, cajoler nos âmes. Et ne rien oublier.

Tu es si loin de moi. Tu es si belle…

À force de répéter ces mots sur quelques notes sans bémol, l'Allemagne de Hans Loritz s'assoupit. Jusqu'à demain.

*

— Il vient d'où, cet air ?

Bogusław Nowak, un typographe devenu imprimeur à Katowice, nous a rejoints.

Piotr lui jette un regard noir :

— Laisse-le finir. On a le temps…

D'ordinaire, Nowak n'aime pas qu'on lui marche sur les pieds. C'est quelqu'un qui a l'autorité d'un chef, même s'il refuse le titre : ici, il n'y a que des maîtres et nous, les esclaves. Mais il n'en veut pas à Piotr de lui avoir coupé la chique.

— T'as raison… Continue, Alex.

Je reprends deux fois. Et « Deutschland erwache ! » disparaît. Aussitôt, Bogusław revient à la charge :

— Elle a un nom ?

— La femme ou la chanson ?

Avec Nowak, faut pas non plus trop en rajouter.

— La chanson, coupe-t-il. Elle a un titre ?

— « Sous Berlin coule une eau souillée par le sang. » J'ai trouvé ça. T'en penses quoi ?

— C'est toi, l'auteur ?

— Avec Marek. On est ensemble sur le canal.

Il redresse le col de sa veste comme s'il craignait d'attraper froid.

— Ta ballade raconte bien comment on en bave. Et la femme dont tu parles, ça pourrait être…

— N'importe qui.

— Non, bredouille l'imprimeur. Pas n'importe qui…

Sa voix se brise. Même Bogusław peut avoir du vague à l'âme. En se raclant la gorge, il se retourne vers ceux qui avalent une dernière bouffée d'air frais avant de rentrer dans le baraquement.

— Venez !

Si Nowak n'aime pas le titre de chef, il est respecté. Sa taille et sa carrure n'expliquent pas tout. Sa voix compte. Elle donnait des ordres à l'imprimerie, et il en fallait pour triompher du vacarme des rotatives. Piotr m'a appris que c'est parce qu'elle tonnait trop qu'il s'est fait arrêter. Ce type qu'on dit n'avoir peur de rien prenait tous les risques pour imprimer des tracts et des livres censurés. Ça lui plaisait d'emmerder les Boches. Un miracle qu'il n'ait pas encore été exécuté.

— Kulisiewicz a inventé ça. Écoutez-le…

Il lève les bras à la manière du chef d'orchestre voulant imposer le silence aux musiciens. Tous se mettent en cercle.

— Vas-y !

Je recommence à chanter… aussitôt Czarny se montre. Le singe nous renifle à vingt pas, mais y a rien à redire. Et sûrement mieux à pincer ailleurs.

— C'est bon, il va vers le block des Tchèques.

Nowak lève de nouveau les bras pour marquer le tempo. Un, deux. Un, deux, trois. Il fredonne afin de cacher son émotion. Mais son regard tangue et, pour qu'il ne le trahisse pas, il hausse sa voix de baryton, entraînant la petite troupe qui a l'air d'aimer jouer à la chorale. L'harmonie est partie pour durer quand un guetteur siffle. Czarny se repointe. Bogusław dessine un gros soleil avec les mains, son signal d'arrêt, celui qui servait pour ordonner l'extinction des rotatives au moment de débaucher.

— Souvenez-vous, chuchote-t-il. L'eau souillée de Berlin, c'est avec notre propre sang. Cette chanson, c'est la nôtre. Apprenez-la par cœur. Elle donnera du courage quand on en manquera.

Nowak aurait pu être chef dans la Résistance. Il n'en a pas eu le temps. Au moins est-il toujours en vie.

— À l'intérieur, grogne-t-il. Le bossu nous foutra la paix.

On le suit.

*

Pour la musique, j'avais la voix, mais ce n'était pas ma tasse de thé, sauf quand Kulisiewicz s'y mettait. J'aimais bien ce gars de cinq pieds et demi de haut qui ne restait jamais en place. Tous, on lui disait : « Ménage-toi, te montre pas, fais gaffe à Böhm. T'es planqué aux chaussures, reste au chaud, et chante pas trop fort. » Piotr, un chic type aussi, lui avait dégotté pour un temps une place moins dure en négociant avec le Kapo. Il y avait des bonnes et des mauvaises causes, celle-là, il m'en avait parlé parce que j'étais le médiateur du baraquement – et je l'avais soutenu. Le titre dont on m'avait affublé – ombudsman – arrivait de Suède. Un pays neutre inventant un personnage qui arbitrait les plaintes surgissant dans une communauté était une bonne idée, surtout pour les Schutzhäftlinge, *pinailleurs puisqu'ils venaient de la politique. Moi, non. J'avais détesté* Mein Kampf *et le ramassis de conneries du nazisme et, puisque c'était mon métier, imprimé de jolies choses sur la tolérance, la liberté, l'équité. Des contes, des pamphlets, des témoignages, des essais, en prose et en vers. Médiateur, c'était mieux que défenseur ou, pire, protecteur, un mot qui s'accordait plutôt au métier de souteneur. Je le laissais à Jacek qui me plaisait aussi malgré ses allures de marlou.*

Les pinailleurs me donnaient du travail, tout était prétexte à discussion et querelle. Moi, j'agissais. À deux cents, prière de ne pas se plaindre. Ailleurs, on s'entassait à deux dans un châlit. Mais sans cesse sur le paletot des autres, ça tapait sur les nerfs, d'autant que Loritz plaçait dans chaque baraque des condamnés de droit de commun pour détruire l'unité. Déjà que la ration de pain provoquait des bagarres, que chacun surveillait la taille des morceaux au cas où le voisin aurait pris trois miettes de rab, que le sang montait à la tête… Se comporter comme des bêtes, c'était se détruire et voir les nazis triompher.

En juillet 40, on avait vu arriver un triangle vert avec du sang de femme sur les mains. Pas besoin du Baptême de l'impétrant, une cuvée de mon cru, afin de jauger les nouveaux. On les laissait mijoter dans leur jus, on ne faisait rien pour les aider, on regardait juste comment ils se comportaient. Et puis on avisait. Celui-là, il avait cherché à imposer la loi du plus fort. Et vite trouvé sa tête de Turc, un vieux qui n'avait plus l'envie de parler. Son bourreau volait sa part de pain, son bol de soupe, son navet pourri et, dans la pièce où était distribué le repas, il l'obligeait à céder sa place. Le vieux mangeait debout, dormait par terre. Un soir, la saloperie l'avait pris à la gorge en hurlant qu'il allait crever son haleine de rat. « Quelqu'un d'autre veut jouer au con avec moi ? avait-il crié en nous regardant d'un air menaçant. Dans ce trou à merde, c'est irrespirable ! » Et pour montrer que, lui, Antczak, le caïd, avait raison, il était sorti.

On l'avait trouvé au matin pendu à une poutre. Personne n'avait moufté, même pas moi. Ça arrivait parfois : un type déprimait, il se foutait en l'air. Czarny n'avait jamais posé de question.

*

Dans la salle des repas, Nowak demande si je connais d'autres airs. J'entame la berceuse de la maman attendant son fils sur un banc. Pas un des *Schutzhäftlinge* ne l'ignore. Tous la fredonnent. Beaucoup profitent de la pénombre pour pleurer. Comme il faut bien qu'on en finisse, même si personne n'a envie, la mélodie du Tzigane dans le train à bestiaux vient au secours de nos peines.

Tzigane heureux, Tzigane plein de richesses…

Quand tout s'arrête pour de bon, qu'on cesse de chanter, il faut remplir le silence. Je raconte le voyage dans le wagon des 102. Les ombres hochent la tête, toutes ont vécu ces moments. Les heures filent, chacun se lance, y va de son histoire qui mériterait de ne pas être oubliée. « Ça fait beaucoup de chansons à écrire », murmure Piotr. Cette belle nuit, personne ne veut qu'elle finisse.

*

La nuit où nous avions chanté, même le vieux sans forces s'était raconté. Il arrivait de Goleniów, près de la Baltique. Sa vie d'avant se résumait à la pêche. En allant remonter ses filets à marée basse, il avait croisé un gars qui se demandait comment déguerpir par la mer. Le sardinier n'avait pas cherché à savoir s'il fuyait Hitler ou le diable en personne. Il l'avait caché, nourri jusqu'à voir surgir une escouade de reniflards qui avaient déniché le fugitif échappé de Sachsenhausen. Le seul qui avait réussi à parcourir deux cents bornes sans se faire pincer. Les marches nocturnes sans lune, le vent, la pluie, le froid, les vols dans les fermes et les chiens au cul pour un œuf, une pomme, et une volaille, une fois, qu'il avait bouffée crue pour ne pas faire de feu… Et finir fauché par la mitraille. Le vieux avait aussi vu comment les types armés avaient ravagé sa maison avant de l'embarquer – des pillards qui rigolaient, se foutaient de sa gueule, emportaient leur butin, sa vie. Dix heures plus tard, il avait pris la place du fuyard au camp. C'était la première fois qu'on l'entendait parler si longtemps.

Ne pas savoir ce qu'il était arrivé à sa femme Wanda, arrêtée elle aussi, le rongeait. Mourir sans la revoir, c'était pire que les sévices et les privations. Son épouse méritait aussi sa chanson, pas plus, mais pas moins que Doty, Jadwiga, Sarah ou Bayla. Et Alex avait ajouté le prénom de Wanda à la liste des femmes.

*

Je ne pense ni au fil ni à l'ampoule. Les histoires des uns et des autres se mêlent aux miennes. J'ai la tête farcie de mots et de notes qui composent peu à peu l'histoire du camp. J'entre dans la bagarre. Il faudra survivre.

Tout débute vraiment.

10

C'est en septembre, j'en suis certain, même si les repères s'effacent. Piotr répète qu'il ne faut pas courir après le temps, les oublier, lui et la montre que je n'ai plus. C'est en septembre… Septembre 40.

À conserver précieusement en mémoire

Appel du soir. Soleil de plomb. Pendaisons publiques. Une poutre et deux poteaux, une corde, le bourreau la passe autour d'un cou. Il fait vite. Le sol se dérobe. Le corps se trémousse. Au suivant. Quand l'exécution s'achève, les vivants, des milliers, défilent au pas devant la potence. Il faut fixer la mort, la regarder en face. C'est la règle, et si l'un de nous ne la respecte pas, coup de matraque. Le samedi, l'orchestre accompagne la scène. Ce sont les déportés eux-mêmes qui le composent. Dehors, qui entend notre souffrance ? Retour au baraquement. Épuisés. Mais ce mot ne veut plus dire grand-chose. Surtout ne pas perdre la boule. Se souvenir de tout.

*

Au baraquement, Nowak lâche :

— Cette salope de Loritz va nous manger le cerveau en forçant les nôtres à jouer sa fanfare !

— Tu racontais pas qu'on gagnerait bientôt la guerre ? raille Jacek.

C'est vache, même dangereux, de parler ainsi à Nowak. Et pas fréquent de la part de Jacek. Après quelques frottements, tous deux sont proches, occupent des châlits voisins. C'est dans leur coin qu'on se rend lorsqu'il y a de l'électricité. L'ombudsman négocie, on discute debout, c'est mieux parce que plus rapide. Discuter des heures après une journée de kommando n'est pas possible. Si la négociation n'aboutit pas, que la rancœur perdure, Jacek se dévoue. La parlotte, c'est terminé, ce qui est décidé s'applique ! dit ce costaud. Nowak se sert de sa tête, son acolyte moins. Et le baraquement surmonte les moments de tension.

La foire d'empoigne, ça arrange le système nazi parce que les querelles nous affaiblissent, répète Nowak.

— Pour que la production carbure, faut des petites mains désunies, et plus elles le sont, moins les têtes réfléchissent.

Quand l'imprimeur défend la solidarité, Piotr, le mineur, fait semblant de s'étonner. Il aura fallu se farcir Sachsenhausen pour entendre un patron parler comme un socialiste, grince-t-il. Nowak sait qu'il le taquine et murmure que, ici, on le devient forcément.

C'est vrai que nous obliger à travailler sans autre droit que d'être tué, remplir nos ventres juste ce qu'il faut pour ne pas mourir n'est pas vraiment socialiste, et c'est étrange puisque Hitler ne jure que par le national-socialisme. Quelle association que ces deux mots, national et socialisme ! Défendre les intérêts du peuple et du pays, ça sonne honnête. Mais, questionne Nowak, depuis quand le socialisme encourage-t-il l'esclavage ? Piotr approuve. Le plus rouge des syndicalistes de Silésie ne s'exprimerait pas mieux. Nowak est lancé, il parle de saloperie.

— Speer, ce potentat, remplit ses comptes en banque en nous faisant crever dans son usine masquée en kommando. Dans l'immense pompe à fric qu'est Sachsenhausen, où se cache l'intérêt du peuple ? Ce national-socialisme est la soubrette du capitalisme. L'un et l'autre ne sont pas ennemis, mais complices. Hitler ment. Mais vomir l'argent, ça plaît au peuple à qui on répète également, et depuis des années, que le juif est l'incarnation du capitalisme, donc l'ennemi du national-socialisme. Mais qui exploite qui ?

Piotr tire sur son mégot, opine, tousse avant d'ajouter que les juifs déportés à Sachsenhausen sont « ouvriers, petits commerçants, artistes, médecins, instituteurs, des travailleurs, en somme, et pas vraiment les émissaires du grand capital », avant de conclure que Hitler se sert des idées qui le servent. Les autres, il les détruit ! Le fumeur fulmine. Sa tirade l'a essoufflé. Ce qu'il pense sur les idées de Hitler, c'est sa marotte. Il en parle à tout bout de champ. Piotr a tendance à se répéter. Et il a raison.

*

Lorsqu'on parle de ces sujets, Jacek écoute distraitement. Il préfère l'action mais, ce soir, pas question de grand débat qui tourne en rond. Nowak est sombre, et cette tête-là, Jacek ne l'aime pas.

— Oh ! l'ombudsman, tu ne crois plus à la victoire ? s'entête-t-il.

Jacek porte le triangle vert des droit commun parce qu'il s'est fait pincer en vendant de la viande au marché noir. Des broutilles, assure-t-il, sans convaincre. Je l'imagine plutôt maquereau, roulant des muscles dans un costume croisé en alpaga. Une balafre cisaille sa joue gauche. Ce n'est pas un tendre. Un marchand de viande ? La bidoche de Jacek, raille Nowak, défile en talons hauts sur les trottoirs de quartiers borgnes. Souteneur ou maquignon, quelle importance ? Il est franc du collier – pas du genre à pactiser avec Czarny, qui rase les murs lorsqu'il le croise à la tombée du jour. Seul défaut à ce caractère, ses réactions de coq de basse-cour, animal à qui le sevrage tape sur les nerfs. Soudain, il s'énerve, les coups de bec pleuvent. Nowak et lui fonctionnent pareil. C'est pourquoi ils s'entendent. À moins que ce soir…

— Te fous pas de ma gueule, Jacek. Pas maintenant…

Nowak est vraiment tendu.

— Ça alors ! Notre grand médiateur a des états d'âme…

— Je ne vais pas te le répéter… Arrête !

— Je croyais que t'en avais dans le froc…

En remettre une couche. Ne pas s'arrêter. Je crois savoir pourquoi.

— Si tu te sens ramolli, fais de la gymnastique. Cent pompes le matin avant de partir au kommando et, le soir, au lieu de raconter des conneries sur le national-socialisme et Hitler, essaye deux cents. Ça te remettra en forme…

Nowak serre les poings, mais Jacek reste les bras ballants, mains ouvertes, l'œil pas vraiment menaçant. Rien d'une déclaration de guerre.

— Je préfère quand tu t'énerves, lâche-t-il finalement en éclatant de rire. Ronchon, ça ne te va pas…

— Tu… Tu cherches quoi ?

— À sortir ce qui encrasse ton crâne. Tu déconnes et ça me peine. On va où, si tu te mets à douter ? Pas vrai, les gars ?

Bien sûr, qu'on est d'accord. Et pas seulement parce qu'on ne se fâche jamais avec Jacek. On est contents d'apprendre que le matador se soucie de Nowak même si aider consisterait à secouer le prunier jusqu'à ce que le pourri tombe. Chacun fait comme il peut. Jacek a un plan. Je le connais.

— Les mots gentils, ça devient gênant, reprend-il en clignant de l'œil. Faudrait pas que t'imagines des choses. Je dis juste qu'il est urgent de chasser les idées noires.

— Et tu as la recette ?

Voilà où Jacek voulait en venir.

— Y a pas trente-six façons. Ça s'appelle une tranche de rigolade…

— Avec des filles et de l'alcool, raille Nowak. Tu devrais même inviter Loritz !

— N'oublie pas la musique, sourit Jacek.

— La musique, c'est pas idiot, répète Nowak.

Jacek le laisse finir, et lâche enfin ce qu'il brûle de dire :

— Je ne te promets pas tout, mais au moins ça…

Et il me montre du doigt.

— Qu'est-ce que tu racontes ?

— Tu voulais la musique ? Eh bien, c'est le rayon d'Alex.

Nous y sommes.

*

Nous en avions discuté, Jacek et moi, après la nuit où tous avions chanté. Il affirmait que la musique lui avait remonté le moral. Pas que le sien. Que le baraquement se sentait mieux ensuite. Mais l'effet était retombé. Du coup, ça avait trotté des semaines dans sa tête parce que Piotr et Nowak n'étaient pas les seuls à avoir des idées et que, en matière d'amusements, il s'y connaissait mieux que les bavards de la politique – le tout accompagné de clins d'œil appuyés, comme si j'étais complice d'une mystérieuse combine. Et puisqu'il mourait d'envie d'en parler, je lui avais demandé de s'expliquer. Chanter ! avait-il souri. Chanter tous ensemble ! Et cet « ensemble » valait pour le block des *Schutzhäftlinge* – mais aussi nos voisins, et, pourquoi pas, le camp entier ? C'était une idée collective qui emmerderait bien plus le national-socialisme et Hitler que d'en discuter la nuit au lieu de dormir.

— Ne pense même pas à gazouiller. Au premier bémol, c'est la schlague…

— On l'a déjà fait une fois.

— Czarny était sur notre dos. On a joué avec le feu…

Le balafré n'en démordait pas.

— La nuit ! C'est possible…

Le clandestin, il maîtrisait en connaisseur :

— En premier, faut un endroit. Dans le temps, j'avais un cabaret un peu spécial. Avec les filles, des artistes ! Donc, d'abord, trouver une scène.

— Et tu y as réfléchi ?

— Ça a pris du temps, mais, oui, j'ai la planque…

La proposition tenait en cinq lettres et deux chiffres, un code assorti d'un nouveau clin d'œil. Jacek semblait s'amuser.

— Supposons. Je dis bien, supposons…

— C'est réglé, insistait Jacek.

— Réunir notre baraquement, oui. D'autres, peut-être. Mais le camp… Tu vois ça comment ?

— Disons que ce rêve nous aidera à rester en vie.

Jacek avait raison sur un point : de quoi d'autre disposions-nous pour résister ? Ça avait de la gueule, d'imaginer Sachsenhausen uni comme une seule voix sur la place d'appel pour faire barrage aux notes de Loritz. Mais il y aurait des représailles, des sacrifiés – un seul, c'était déjà un de trop. Jacek disait vrai, tout le camp, c'était un rêve, mais chanter épaule contre épaule, voilà qui était une belle manière de nous sentir encore vivants. Et, peu à peu, l'idée fit son chemin en moi.

Le cirque, les tournées, le public, le clown qui m'avait formé, Jacek connaissait cette partie de ma vie.

— Quand tu as ton programme, préviens-moi, avait-il conclu.

*

J'avais attendu une semaine avant de lui répondre. Pour être certain d'avoir du solide. Sous le secret, Piotr avait été averti aussi. Enfin, je lui avais donné quelques titres, fredonné un refrain…

— Tu as écrit d'autres chansons sur le camp et sur nous ?

— Sinon, ce ne serait pas « notre » spectacle…

À ses clins d'œil habituels il avait ajouté un pouce relevé.

— Reste plus qu'à trouver le moment pour en parler à Nowak, avait-il grogné.

Et ce soir de septembre lui semble être le bon.

*

— Alex, tu mijotes quoi ?

— C'est mon idée, avoue Jacek.

— Raconte…

— T'es le premier à dire que t'en peux plus d'écouter la musique de Loritz. Que ça te détruit. Eh bien, on va faire la nôtre. Et on invitera les gars des autres baraquements…

Nowak enregistre.

— Le genre kermesse, reprend-il d'une voix étrangement calme. Et pourquoi pas un spectacle sur la place d'appel ?

— J'y ai pensé aussi, ne se démonte pas Jacek.

— T'es malade…

Nowak va tourner les talons.

— Attends ! J'ai pas l'air, mais j'écoute. C'est toi qui parles de solidarité. Chanter ensemble, c'est comme… (il cherche un argument) communier à la messe. Ça peut faire que du bien !

— Tu voudrais me faire croire que t'as été enfant de chœur ? À moins que ta chorale ne se spécialise dans les airs sur les femmes qui pleurent notre absence comme Alex ? Des foutues notes qui rongent la tête, des crève-cœur… Non merci, ce sera sans moi.

Jacek est têtu.

— Kulisiewicz a d'autres idées…

— Laisse-moi imaginer. La liberté chérie, le jardin fleuri de sa maison… Des chansonnettes pour se faire encore plus mal !

Je dois intervenir :

— Pas seulement…

— T'as aussi des chansons de clown ? Redis-moi le nom de celui qui t'a tout appris ?

— Max Winkler.

— Bah oui ! Comme au bon vieux temps !

Ne pas s'emporter. Ne pas se sentir blessé.

— Je pensais plutôt à raconter notre histoire en chansons.

— Celle des déportés ? Les kommandos, l'appel, les sévices, la mort. Le malheur. Y a pas de quoi se tordre de rire, et toi, tu vas seriner que c'est une belle vie ?

Il se tourne vers Jacek.

— Hé, l'enfant de chœur, ajoute le prêchi-prêcha du curé dans ton programme. Ça va plaire…

Foutu. L'ombudsman va dire non. L'idée de Jacek sera enterrée, et j'ai vu ses poings se serrer.

— C'est comme ça, Nowak, reprends-je calmement. Et tu le sais. La souffrance est notre histoire. Celle des triangles rouges, verts, jaunes, roses, et si on n'y fait pas attention, Loritz et son bastringue finiront par la faire disparaître. C'est toi qui l'as dit : « On va se faire manger le cerveau par cette salope. » Donc t'es d'accord ? Ou tu préfères qu'on se laisse crever ?

Nowak se tait. Encaisse. Gamberge. La pression retombe un peu. Jacek réattaque :

— Alex a raison ! dit-il, remonté comme l'horloge de l'église de la Nativité de la Bienheureuse Vierge Marie de Varsovie. Tu répètes qu'il faut être uni, pas se ramollir ! Écouter « *Horst Wessel Lied* » ou « *Heil Hiler, Juda verrecke*[1] *!* » ça fout en l'air, ça nous fout tous en l'air. Et si je dis : résistons avec *notre* musique parce que c'est *notre* histoire, tu envoies tout balader sans y avoir réfléchi ?

— Jacek pense qu'en partageant ce que nous vivons nous le supporterons mieux.

— J'ai compris, Alex. Attends ton tour…

Le ton est plus calme.

Nowak se retourne vers Jacek.

— D'abord, tu voudrais faire ça où ? Et ne réponds pas sur la place d'appel, sinon, c'est définitivement non.

Ça ne l'est donc plus totalement ?

Jacek balance son code à cinq lettres et deux chiffres sans clin d'œil. Nowak frotte son crâne rasé. Je lis dans ses yeux que le baromètre remonte.

— On va se faire repérer…

C'est dit sans conviction.

— T'inquiète, soutient Jacek. Czarny, c'est dans mes cordes.

— Il faut plus que ça. De la discrétion. Black-out total. Le premier qui bave…

---

1. « *Horst Wessel Lied* » était l'hymne officiel du parti nazi. « *Juda verrecke !* » (« Juif, crève ! ») était braillé à tue-tête, bras tendu (selon le salut nazi *Heil Hitler !*).

— Je m'en occupe aussi.

Maintenant, Nowak s'intéresse à moi.

— Question répertoire, t'as ce qu'il faut ?

— Ça devrait aller.

— Il a bossé comme un chef ! s'emporte Jacek.

Rassurer l'ombudsman. Alors je lui offre une mise en bouche. Qu'il semble apprécier. La musique de Loritz ne mange plus son cerveau. Il nous regarde.

— Y a un truc de vrai, dans votre histoire. Au début du camp, il y aurait eu un baroud d'honneur sur la place d'appel. Les déportés s'étaient mis à chanter, et les SS n'avaient rien pu faire.

Il finit par sourire. Le combat lui plaît.

— Tu y penses depuis longtemps, Jacek ?

— Depuis la nuit où on a chanté… Peut-être que c'est à cause des filles qui me retournaient le sang…

Là, Nowak rit franchement.

— T'aurais dû en parler avant, on aurait gagné du temps…

11

Ce soir-là, on décide d'une date pour la « première ». Neuf jours pour se préparer. C'est court, on y croit. Nowak semble remonté à bloc.

— Seuls les imbéciles ne changent pas d'avis, conclut-il.

On rejoint les châlits sur cette promesse : montrer ce que nous avons dans le ventre. Au moment de grimper dans mon taudis, la fatigue se réveille. La tension redescend, les muscles se refroidissent, le corps n'est que douleur. Piotr est allongé. Bon sang, il fume !

— Tu n'y arriveras pas…

Il se dégonfle ou quoi ?

— Regarde dans quel état tu es. Trop faible. Le kommando du canal va te tuer. Faut que tu en changes…

— Merci pour le diagnostic. Toi, si tu continues avec tes clopes, tu ne verras pas mourir Hitler.

— Perspicace, peut-être, mais heureusement pas devin… Sinon, tu dormirais dans les bras de Hanna. Bonne nuit, mon ami…

*

Au matin, alors que nous effectuons le cérémonial habituel - ablutions et pain noir -, Czarny s'approche de moi.

— Tu retournes aux chaussures.

Rien ne justifie ce traitement de faveur.

Piotr ne saute pas de joie. Zéro commentaire. Il est content pour moi. Point. L'arbitraire du Kapo est insondable.

Au cours de la journée, je ne pense qu'au récital. Je peux, le travail est moins dur. Dans ma tête se jouent les airs que je vais interpréter. Il faut aussi travailler la mise en scène. Nowak m'a traité de clown.

*

Quelque chose cloche. Ce soir, Piotr n'est plus le même. Et je mets un moment avant de comprendre.

— Est-ce que tu ne fumes pas un peu moins ?

— Non. Je ne fume plus.

La nouvelle est saisissante.

— Depuis quand ?

— Hier soir, j'ai tiré la dernière bouffée de ma vie.

— Donc, tu m'as écouté. Tu veux voir crever Hitler…

— C'est au programme, mais y a une autre raison.

Il ménage sa sortie.

— J'ai troqué ma ration contre ton affectation aux chaussures. J'allonge nos vies. D'une pierre, deux coups… Peut-être trois, si Czarny s'étouffe avec *mon* tabac.

— Piotr, comment te remerci…

— Ne parle jamais de sacrifice ! J'ai déjà été récompensé. T'as rien vu parce que tu cousais des semelles dans ton coin, mais ce matin, un garde a coincé un gars qui fumait en travaillant. Il l'a frappé, et ça lui a donné envie de s'amuser plus. Alors il a fouillé notre rangée, cherchant d'autres coupables. Moi, j'ai raconté qu'on ne trouverait pas ce poison sur moi parce que j'avais fait allégeance à Hitler…

— Qu'est-ce que tu racontes ?

— Dans le Nouvel Ordre, l'esprit et le corps sont la propriété du Führer qui ne supporte aucune autre dépendance que la sienne. J'ai dit ça, et le SS a lâché : «*Ja ! Ja !*» Il m'a même félicité parce que je n'étais ni juif ni communiste, ajoutant que tous les juifs et tous les communistes fumaient parce qu'ils appartenaient à des races inférieures… Et il m'a foutu la paix.

L'heure de manger la merde arrive. Piotr se lève.

— Tu seras prêt dans… huit jours ?

Un de moins, en effet…

12

Nowak avait raison sur un point : chanter des histoires de femmes, c'était un crève-cœur, surtout quand on connaissait la façon dont les nazis les traitaient dans les camps. Lagerbordell, *le nom allemand pour dire bordel. Ils existaient. Pas encore à Sachsenhausen, mais le Kapo Czarny racontait que ça ne tarderait pas. Le nain salivait : y avait pas de raison qu'il ne profite pas des mêmes avantages que les veinards des camps de Mauthausen ou d'Auschwitz.*

Les prisonnières prostituées, valait mieux ne pas penser à elles – des mères de famille et des filles innocentes qui mouraient de fatigue et de maladies sordides. Chez moi, ça n'avait jamais été ainsi. Le métier de maquereau scandalisait les ligues de vertu, mais leur bla-bla m'énervait. Il y avait bien des façons d'exercer et, dans mon cas, c'était un sacerdoce – fallait maintenir la propreté, satisfaire une clientèle exigeante, décourager celle qui se comportait mal, veiller aux concurrents, aussi. Mes demoiselles (je les appelais ma famille) étaient consentantes, bichonnées, protégées, soignées – je plaçais leur épargne, en bon père de famille. Si l'une d'elles héritait d'un gosse, le p'tit était chouchouté par une nourrice. Parce que j'avais été enfant de chœur, je me faisais appeler le Cardinal, un primat entouré de ses bonnes sœurs… Je provoquais – sans quoi, comment tenir son rang ? J'le savais, ce métier était discutable. Débauché, pervers, qu'est-ce que je n'entendais pas ! Mais si monnayer des corps consentants c'était les asservir, j'aurais bien invité les âmes charitables à découvrir le Lagerbordell *qui allait bientôt ouvrir ici pour voir ce qu'était vraiment l'esclavage. Le singe Kapo songeait à m'y affecter*[1]*. Il se frottait l'entrejambe en racontant qu'un convoi de femmes débarquerait bientôt du camp de Ravensbrück. Mais il manquait « quelqu'un de la profession pour discipliner » les choisies de force. La mission exigeait du « doigté », ricanait ce bout d'homme vulgaire. Il fallait les « dresser sans les abîmer ». Sans compter que le travail serait assorti de gratifications en nature. En échange, il réclamait sa part du gâteau : quelques passes gratis. La vraie raison, c'était qu'il voulait m'amadouer. Je lui faisais peur. J'avais refusé. Et je crevais d'envie d'étrangler cette saloperie hideuse. Convaincu qu'un jour je céderais à la tentation de me vider les couilles, il me ménageait, mais, tantôt, menaçait aussi de me retirer de l'atelier de récupération, une « planque », selon lui. Je n'avais pas fait que des choses belles dans ma vie, mais dépouiller les innocents était une crapulerie contraire à mon code d'honneur. Avec des centaines d'autres déportés, je fouillais les vêtements des prisonniers débarqués du train pour récupérer le moindre objet de valeur – bijou planqué dans une doublure, pièce d'or sous une semelle ou au fond d'une poche… Le reste – photo pliée en quatre, mèche de cheveux, fleur séchée, mouchoir brodé d'initiales, adieux déposés sur un bout de papier trempé de larmes,*

1. Celui de Sachsenhausen ouvrira finalement en 1944.

dessins d'enfants – partait au feu. Les souvenirs de ces vies mouraient, et moi, je ne savais pas comment l'empêcher. Quand Piotr expliquait qu'il y avait toujours pire, je pensais aux prostituées des SS.

*

À Sachso[1]*, il y avait des têtes de con et des gars sympathiques comme Piotr ou Alex ou Nowak. Les faux culs, j'y prêtais pas attention – on pouvait pas corriger tous les caractères. Ma bande, c'étaient ces trois-là. Piotr fumait comme un salop. Sinon, il fallait se gratter pour lui trouver un défaut. Son épouse se démenait pour lui expédier du tabac comme autant de mots d'amour et, lui, il soufflait des bouffées de baisers expédiés à Nikiszowiec, en Silésie. Aucune de mes demoiselles ne m'envoyait de colis. Alex, lui, n'en voulait pas. Ce sacré survolté que je dépassais d'une demi-tête était amoureux comme on l'est à vingt piges. J'en avais quinze de plus et, moi, je conjuguais l'amour au pluriel, en recevant chaque nuit dans ma tête les visages et les corps de mon choix. Nowak était fidèle à la femme avec qui il avait partagé trente années de mariage. Je connaissais assez ce genre de sujet pour parier que ce n'était plus la passion, la fièvre, le désir quand elle et lui couchaient dans le même lit. Il avait l'âge du client cherchant à se convaincre que l'ardeur ne s'était pas barrée après la cinquantaine, qu'il baisait sans tromper, que seul le désir d'un corps trop de fois aimé se fanait. Et lui n'avait jamais fréquenté les bordels.*

1. Sachso est un diminutif employé par les déportés pour désigner Sachsenhausen.

Nowak travaillait à l'imprimerie du camp. Il arrivait que les SS utilisent les déportés pour ce qu'ils savaient faire. Si ça n'ôtait rien à la férocité, on y gagnait parfois un peu de moins mauvais, mais valait mieux être imprimeur que maquereau ou terrassier. Un coin de l'imprimerie cachait une fabrique de faux billets. Des millions et millions de livres sterling flambant neuves étaient stockés au block 18. L'île au trésor des pirates… Interdite d'accès, cernée de barbelés, où les déportés étaient consignés et mis au secret. Mais lors d'une de leurs rares sorties, toujours à proximité du block, Nowak avait réussi à glaner des informations – d'imprimeur à imprimeur. Je lui avais conseillé de ne jamais parler de ce qui se tramait dans cette partie du camp. L'omerta, une règle d'or chez les truands. Mais la nuit, je ne rêvais pas que de femmes. Je cassais le coffre de l'imprimerie, piquais l'oseille des nazis, vengeais ceux à qui ils avaient pris les bijoux, les pièces d'or, les montres, et je gardais pour moi les billets.

Entre Nowak et moi, ça n'avait pas toujours été au beau fixe. Au début, on était comme des chiens à se renifler le cul pour savoir qui serait le chef de meute. C'était moi qui cherchais la bagarre. Une habitude liée à mes origines. Puis la raison était venue. Je n'avais pas les qualités d'un médiateur – trop entier, pas assez de cervelle –, mais dans les pognes de quoi le seconder. La paix, d'abord un peu armée, avait été signée. Et tout roulait depuis. On s'entendait bien, se comprenait à demi-mot, était complémentaires. Un jour de 40, c'était en juillet, un triangle vert avait montré sa gueule de canaille. D'un regard, j'avais fait comprendre à Nowak qu'il fallait s'en occuper avant qu'il foute la pagaille. L'ombudsman demandait à voir, c'était la règle de la tolérance, quelque chose qui démontrait que nous étions « le contraire de la bestialité nazie », m'assommait Nowak. Moi, je n'avais pas besoin de grands mots pour voir que le nouveau ressemblait à un emmerdement. Et ça avait fini par arriver. Ce Antczak avait choisi sa proie, un vieux sans histoires prostré dans son chagrin. Il l'humiliait, volait sa bouffe, l'obligeait à dormir par terre, se servait d'un faible pour faire croire qu'il était fort. Le faux caïd lui gueulait dessus – « Tu pues, approche pas ! » – et nous injuriait – « Dans cette baraque, ça devient irrespirable ! ». Ce con avait tellement raison que, un soir, il était sorti prendre l'air. Et n'avait pas avalé que ça.

Nowak m'avait fait un signe, et tous les deux, on avait aussi été humer du frais. Ça n'avait pas duré longtemps, juste de quoi terminer l'historiette Antczak, retrouvé pendu à une poutre le matin. Pas de témoin… Et personne pour se plaindre… L'affaire avait tourné en eau de boudin. Après la mort du faux caïd, Nowak avait été voir le vieux : « C'est fini, avait-il dit bien fort pour qu'on entende tous. Personne ne t'embêtera plus. »

L'ombudsman, lui et moi, on s'accordait bien.

La nuit où on avait chanté, même le vieux s'y était mis. C'était bien la preuve que les fiestas nous réchauffaient le cœur. Alex avait un don. Pas tant dans la voix que dans sa façon de chanter. Dans mon cabaret, les musiciens faisaient vibrer le timbre des instruments, les rondeurs des danseuses auraient damné tous les saints du paradis, mais les voix n'étaient rien sans le geste, sans le regard qui vient au secours des mots, sans le silence du public et la dernière note du maestro qui coupe le souffle. L'interprétation – le mot que je cherchais –, ça faisait la différence. Moi, sur un air de rien arrivé de Slovaquie avec le bûcheron Marek, j'avais compris de quoi était capable Alex.

Doty, Jadwiga, Sarah, Bayla, toutes les filles de sa chanson vivaient. Elles étaient jolies, gentilles, tendres, nos épouses, nos maîtresses, nos mères aussi. C'étaient les nôtres, nos amours malheureuses, nos petits jardins d'espoir. « Dans ce village brille mon soleil, m'attendent tes lèvres, si douces et si chaudes. Tu es si loin de moi. Tu es si belle… » Cette nuit-là, j'avais eu un cœur d'artichaut. Et ça m'était arrivé d'un coup : il fallait se servir de la voix, des gestes, des regards d'Alex pour nous donner du courage, pour se sortir de la tête la merde de Loritz, pour s'évader de l'atelier de récupération et déchirer les images des femmes du bordel SS qui me hantaient. Je voulais chanter encore ! Je voulais un moment de bonheur comme au temps du cabaret. Je voulais qu'on existe.

13

Block 65. Lieu du rendez-vous. Block 65. Le message formé de cinq lettres et de deux chiffres circule sous le manteau. Block 65. C'est le jour dit.

Des dizaines et des dizaines se sont passé le mot. La nuit venue, ils occupent le dortoir, s'entassent dans les allées, sur les châlits, le flot déborde jusqu'aux lavabos, et ceux qui n'ont pas trouvé de place se réfugient dans le réfectoire. Nowak rigole. La prochaine fois, il imprimera des billets numérotés… Jacek fait le tri. Ça lui rappelle sa jeunesse, quand il jouait le gorille à la porte des clandés et des salles de jeu. Ça parle tchèque, français, polak, un méli-mélo de langues qui se comprennent par mimes. Un geste, un sourire, une grimace, un regard appuyé, des yeux fermés ou grands comme des assiettes, l'espéranto des enfants de la balle, le dictionnaire universel du clown. L'autre soir, quand on n'était pas d'accord, Nowak m'avait rappelé que j'en avais été un, et il cherchait pas à être gentil. Eh bien, il va être servi. Cette nuit, tout se jouera dans la moquerie, et on verra si le ridicule tue ou pas.

Autrefois, l'énorme marteau de mon comparse Winkler était en caoutchouc. Il me donnait des coups à assommer un chameau ; je faisais le mort, petits et grands riaient.

Je me relevais en titubant, le visage couvert de sciure. Le public applaudissait les pitreries, en redemandait. Un dernier tour de piste sur « Shanghai », une musique inspirée par l'Orient, et les lumières s'évanouissaient.

À Sachsenhausen, nous portons une tenue macabre, les coups sont mortels, les corps épuisés, des hommes cèdent au désespoir après avoir perdu l'envie de vivre. Ceux-là s'appellent *Muselmann* sans que l'on sache vraiment pourquoi. Un nom qui évoquerait la prière à genoux du soumis à Dieu qui renonce et s'effondre. Le *Muselmann* est celui qui agonise et supplie d'être conduit dans l'autre monde, à en croire les fidèles des religions. *Muselmann* désigne surtout celui qui erre comme l'animal solitaire sachant son heure venue. Il titube, mais pas pour faire rire. Les SS rangent le *Muselmann* dans la race des faibles. Il est l'inutile, l'improductif tout juste bon à se courber pour ramasser un mégot. Et l'enferment pendant des heures dans les latrines en l'obligeant à rester debout. *Muselmann*, le sacrifié de leur spectacle.

J'ai écrit une chanson sur lui, jouée pour la première fois, ce soir-là, au block 65. « Jouée », car je l'interprète. J'entre dans la peau du supplicié, celui qui prend les coups de marteau sur la tête, mais ne se relève pas. Mon déguisement : un triangle rouge, une peau maquillée de crasse. Celui de Sachsenhausen. Car c'est notre histoire. Qui se raconte ainsi :

Pour ceux d'ici, je suis moins que rien…

[…]

Je chante sur « Shanghai », la musique qui accompagnait le numéro de cirque au temps où je riais. Un fox-trot oriental aux origines yiddish, une mélodie aux sangs mêlés, un entrelacs de cultures qui, alors, se respectaient, jamais sorti de ma tête.

Sur ma veste, je porte, devant, un triangle rouge…
Dans mon dos, on a cousu un swastika[1] *jaune…*
[…]
Dieu, qu'ai-je fait de mal ?

J'avance en tremblant. Je suis le *Muselmann.*

Au-delà des barbelés, le soleil étincelle
Au-delà des barbelés, les enfants jouent…
Sur les barbelés, le corps brûlé
et recroquevillé d'un homme tombe…

Je plie les genoux, cogne mes coudes l'un contre l'autre. Pousse des cris aigus de désespoir. Je suis fou, hagard. Épuisé.

Muselmann, Muselmann !
Frère ! mon pauvre frère !

Je rapetisse en rentrant la tête dans les épaules et la penche sur le côté comme si elle était coupée. Je ne suis rien. Je disparais.

Muselmann, Muselmann,
Maman, ma maman…
Laisse-moi mourir en paix[2].

---

1. Le swastika est le symbole sacré détourné par les nazis pour illustrer la croix gammée.
2. C'est une version partielle. Il existe d'autres traductions de ce chant.

J'étouffe un dernier sanglot, je cesse de bouger.
Je suis mort.

C'est bien, me dit en secret le clown Winkler, mais as-tu déjà vu un spectacle de cirque si triste ? L'espoir, où est-il ?

J'y arrive. C'est « Mister C. »

*

Derrière son titre énigmatique, la chanson salue Churchill, le dernier recours des peuples qui se veulent libres. En vérité, faut une foi de charbonnier pour croire que ce bonhomme rond, balourd, même, amateur de cigares, peut libérer l'Europe du joug nazi depuis la dérouillée des Britanniques et des Français[1]. Mais l'Angleterre résiste grâce à l'aviation. Ses radars contrarient la Luftwaffe. Et aucun nazi n'a le pied marin pour l'envahir par la mer. Londres tient bon.

« Mister C », l'ultime espoir, c'est lui.

Vingt dieux, c'est déjà la seconde année[2],
Et cabriole encore la croix gammée.
Rien, semble-t-il, ne peut la fatiguer,
Mieux vaut alors s'agenouiller.

1. La bataille de Dunkerque : du 20 mai au 3 juin 1940. Encerclés par 800 000 soldats du Reich, les 400 000 d'en face ont cédé : 80 000 tués ou prisonniers, plus de 800 avions abattus.

2. Il s'agit de la deuxième année de la guerre.

Sa Majesté, le grand Führer en fureur,
Ce bandit de goy – ce barbouilleur
À la tête pleine d'eau de vaisselle…
Et son Volk [peuple] *idiot hurle :* « Heil ! »

Mister C. mâchonne son cigare
Souffle la fumée en faisant des ronds…
Tout autour, l'Europe s'égare
Et lui la regarde et tient bon.

Mister C., tel un dragon, soufflera
Et sur Adolf et sur son « Sieg ! » *crachera.*
Sur l'île de Rugia[1]*, il l'enterrera*
Peut-être même déjà en quarante-trois.

Peut-être, oui ! Peut-être, peut-être…
Qui peut le savoir avec certitude ?
Malheureux Führer, la mer est profonde,
Spécialement la mer d'Angleterre.

Peut-être, peut-être… et qui le sait ?
Peut-être le vent de l'est aidera[2].

Peu avant, j'avais rodé « Mister C. » au block 3, en petit comité. Jacek s'était occupé de la répétition. Après chaque couplet, je mimais les gestes d'un rameur en murmurant « Dunkerque, Dunkerque », symbole de l'acharnement d'un peuple qui ne s'avoue pas vaincu. Au block 65, chaque parole est accompagnée d'une

1. Île de Rügen.
2. À propos de la traduction des chansons d'Aleksander Kulisiewicz, voir dans les notes en fin d'ouvrage le point de vue retenu (« L'esprit et la lettre »).

rafale d'injures que les présents adressent au *Volk* nazi. À Berlin, les oreilles de Hitler doivent siffler… L'allusion à Rügen est applaudie. Cette île symbolise les luttes qui ont opposé les Germains aux Slaves. Quand je parle du « vent de l'est », tous s'emportent. Ce souffle venu de là-bas, c'est celui des Russes dont nous espérons l'entrée en guerre.

— Moins fort, tente Jacek sans conviction.

Rien à faire… Tout s'ose, cette nuit.

L'espoir d'en finir, le block 65 s'y accroche en entamant à l'unisson le « Chant des déportés » :

Loin dans l'infini s'étendent
Les grands prés marécageux,
Pas un seul oiseau ne chante
Dans les arbres secs et creux.

Ô terre de détresse
Où nous devons sans cesse
Piocher, piocher.

Dans ce camp morne et sauvage
Entouré de fils de fer,
Il nous semble vivre en cage
Au milieu d'un grand désert.

Ô terre de détresse
Où nous devons sans cesse
Piocher, piocher.

Bruits des pas et bruits des armes
Sentinelles jour et nuit
Et du sang, des cris, des larmes,

La mort pour celui qui fuit.

Ô terre de détresse
Où nous devons sans cesse
Piocher, piocher.

Mais un jour dans notre vie,
Le printemps refleurira,
Liberté, liberté chérie
Je dirai : « Tu es à moi ! »

Ô terre enfin libre
Où nous pourrons revivre,
Aimer, aimer[1].

Aimer… Ce mot plus fort que la consigne de Jacek calme les esprits échaudés. Un long silence plein d'émotion, de communion, s'installe. Pour rien au monde on voudrait que ça cesse…

Une voix réclame « L'Eau souillée par le sang ».

Une autre « L'Internationale ».

On est d'accord pour se lancer de bon cœur, tout chanter, quand un signal retentit. Jacek siffle.

— Cette fois, j'suis sérieux. Vos gueules !

Czarny pointe son groin.

---

1. Il existe d'autres traductions.

14

En rentrant au baraquement, Jacek chuchote. Le Kapo a tenté de savoir ce qu'il se tramait. Un coup d'épaule à gauche, un autre à droite, le nain cherchait un passage pour pénétrer dans le block, mais le vigile avait les poings sur les hanches, les jambes écartées et, sans se vanter, le barrage était du genre infranchissable. Czarny avait fait demi-tour en crachant des menaces. Prudent, Nowak avait préféré mettre fin à la « tranche de rigolade », comme disait Jacek, parce que le Kapo pouvait filer chez les SS. « L'Internationale », on l'entamerait une autre fois.

Depuis, Jacek est le plus heureux des hommes.

*

Wilhelm Böhm, Czarny, aime la délation. Mais plus encore la mort parce que les deux vont bien ensemble. Son travail préféré est la crémation. Bordel de merde, ça lui plaît de brûler des corps. Il faut que ses fours tournent, vomissent de la cendre. Que ça crame. Alors l'incendiaire carbonise. C'est sa passion de rôtir les hommes comme des poulets. Les maigres, il en met deux à la fois dans le four. En zélé. Pour qui le temps c'est de l'argent. Grâce à lui, la productivité règne à Sachso, paradis du national-socialisme.

Dégraisser le camp des « impuretés », Böhm s'y retrouve. Les jours où les cadavres s'accumulent, ceux des beaux « rendements », son visage prend la teinte du pain trop cuit. Il claque du gosier, le cramoisi. Il est assoiffé, impatient d'enfourner le charroi suivant. Et ça pleut, les morts. Les exécutions, les accidents, le désespoir, la faim, l'épuisement, les règlements de comptes entre déportés… sans oublier le typhus. Décidément, s'il y a beaucoup de façons de crever, le typhus, quelle aubaine. Un beau moyen de se roder quand il faudra augmenter les cadences. L'extermination massive, la radicale, on la sent venir dans la fumée des crématoires qui crachent des volutes grisâtres retombant en neige même l'été. On la sent aussi parce que des prisonniers arrivant d'autres camps racontent qu'ailleurs ce serait pareil ou pire. Je le sens, je le sais, soutient Nowak. Ce serait même annoncé entre les lignes de *Mein Kampf*, la bible nazie.

L'imprimeur connaît ses sources. Il a lu les textes de Hitler ; c'est ça qui l'a poussé à publier les livres pour lesquels il a été arrêté. Les yeux fermés, sûr de sa mémoire, il récite : « L'Aryen est le Prométhée de l'humanité… L'étincelle divine du génie a de tout temps jailli de son front lumineux. » Et encore, parce que c'est très important : « Le juif forme le contraste le plus marquant avec l'Aryen. […] Si les juifs étaient seuls en ce monde, ils étoufferaient dans la crasse et l'ordure. » Il conclut : « Le juif est un parasite… » Les mots de Hitler, insiste-t-il.

Et on fait quoi des parasites ?

On les extermine comme le typhus, doit penser Czarny quand il écoute ses amis nazis, pas gênés de parler devant lui. Il pense que, bientôt, il aura beaucoup, énormément de travail. Le typhus, ce sont les prémices, même s'il ne connaît pas trop ce mot. L'année 40 est finie, 1941 bien engagée, et y a de la friction entre les deux alliés d'hier, Staline et Hitler. Piotr l'avait répété aux camarades mineurs de Silésie, ce pacte finirait par une guerre, des trains, des convois. Et les prolétaires trinqueraient. Un jour prochain, lorsque, forcément, les prisonniers russes s'amèneront, il faudra faire de la place. Et Piotr me dit que prêcher devant l'église Sainte-Anne de Nikiszowiec ou dans le désert, ça revenait au même.

Czarny n'a rien à faire de la politique, il se fout des pactes. Il pense à son travail de ramoneur. En ajoutant ce qu'il fait à ce qu'il se prépare, il perd la boule. Des carcasses, de la bidoche comme s'il en pleuvait, jusqu'à l'éradication de ce qui n'est pas aryen. On le sent, on le sait, répète Nowak. Böhm se fait la main. La manie de calciner l'obsède. Les poux attaquent, le typhus se pointe, le singe se frotte les mains. À quoi bon perdre du temps puisque pas un n'y échappera ? Quand il rentre du crématoire, il n'est pas rassasié : « Venez, grogne-t-il en faisant rouler sa langue épaisse sur ses lèvres pelées par la chaleur. Approchez de moi… Maintenant ou plus tard, ça ne changera rien. » Il ouvre grand les bras, grimace de plaisir. Alors on fuit le bossu qui ne porte pas chance.

Un homme, un seul, se mesure à lui. Si Czarny approche, Jacek ne le lâche plus des yeux.

Il l'attend jambes écartées, poings fermés sur les hanches comme devant le block 65. Le force à baisser les yeux, à grogner qu'il se vengera avant de faire demi-tour. Rien ne fait peur au bras droit de Nowak. Lui n'est pas superstitieux. Seule compte la préparation de la prochaine « tranche de rigolade. »

*

De plus en plus souvent, des gars des blocks voisins viennent nous trouver. Eux aussi en ont marre d'entendre « *Horst Wessel Lied* » et la foutaise de musique qui nous torture du matin au soir. Aux gueulantes des haut-parleurs s'ajoutent les chants entonnés à tue-tête pendant les marches. Une note, un pas de travers, la schlague entre en scène. Alors, les *Marschlieder*, les *Kampflieder*[1] sont repris jusqu'à l'épuisement. À chaque sortie, chaque retour, chaque rassemblement, pendant les pendaisons, on éructe la bouillasse du bréviaire nazi qui agit comme une drogue. Les esprits s'engourdissent, les gestes deviennent mécaniques. On ne pense qu'à ne pas décoller les bras du buste, sinon, coup de bâton. Celui qui arrête de chanter parce qu'il n'en peut plus devient inutile : une bouche qui ne s'ouvre pas sera bientôt une de moins à nourrir. Nowak a raison, on va tous crever. Mais on ne peut se le dire que la nuit puisqu'on braille tout le reste du temps. T'obliger à chanter pour te bâillonner, même au cirque, la blague n'aurait pas été drôle.

En sortant pour aller au kommando, on croise des gens qui regardent les tenues rayées défiler comme à la parade. « Eh ! disent-ils, celui-ci est juif, celui-là criminel, l'autre, à côté, communiste. » Au jeu des devinettes, même les enfants gagnent puisque la réponse s'affiche

1. Respectivement « chants de marche » et « chants de combat ».

sur les triangles de couleur. Et tous ces clowns vont bien puisqu'ils chantent. Quand les portes de Sachsenhausen se referment, que nous sommes entre nazis et déportés, on nous entend encore beugler. « *Deutschland, erwache, erwache !* » Dehors, les oreilles qui se croient fines rigolent : « Ils acclament l'Allemagne… Sont pas malheureux ! »

*

Certains jurent de ne plus jamais chanter ou jouer de la musique, s'ils s'en sortent. Nowak, Piotr, Jacek, moi et beaucoup d'autres, on a décidé à l'inverse que nos chansons seraient un *reportage poétique*. L'expression peut paraître scabreuse (qu'est-ce qui ne l'est pas, ici ?), mais la poésie va à nos âmes meurtries. Cet art est une arme. Avec elle, je me sens capable de résister ; même de croire à l'impossible. Alors je vais chanter de plus en plus souvent dans les blocks. Avec ou sans l'accord de Nowak. Accompagné ou pas de mon « imprésario ». Il y a toujours un être tenace qui me retient par le bras. Lui aussi a des mots, des phrases plein la tête racontant la souffrance, la douleur, la faim, des morceaux de nos vies relatés à voix basse, écrits parfois sur des lambeaux de tissu hérités des morts. On me les confie pour que, au cas où, j'en tire quelque chose… Et je promets que ma mémoire en prendra soin. Toujours. Encore. Ce n'est pas notre chant à tous sur la place d'appel, celui qu'attend Jacek, mais déjà plus qu'un rêve.

À perte de vue, un alignement de baraques uniformes. Et une place immense où fourmillent des milliers de prisonniers dans des tenues rayées…

Deuxième partie

Les mouches ne s'attaquent pas à un œuf
qui n'est pas fêlé.

Proverbe

15

Le Russe Aliocha Filipovitch raconte qu'il n'a jamais eu de chance. Le lopin de terre que possédait autrefois son père a été transformé en sovkhoze[1]. Désormais, il appartient au peuple, donc à tout le monde. Le paysan Aliocha dit plutôt : « À personne ! », et il n'aime pas. Mais il est aussi camarade – et fataliste, puisque slave. Il avait espéré trouver mieux lorsque l'armée l'avait appelé. Là-bas, il mangeait chaud, portait des vêtements neufs, et sa mission principale – arpenter à longueur de jour des sentiers parsemés de nids-de-poule – le rapprochait de Mère Nature. Porter un fusil-mitrailleur Degtiarev DP 28 à l'épaule ou une bêche, au fond, à part le poids, ça changeait peu sa vie. Il se réchauffait en se frottant les mains et, quand ça ne suffisait pas, se soûlait. Sinon, il comptait les jours (dix-huit avant d'être libéré) et songeait aussi à changer de vie. À l'usine de Tver où se fabriquait de l'acier, le prolétariat était en odeur de sainteté. Et le destin lui avait joué un tour de pendard. La guerre avait surgi par surprise comme le canard siffleur caché

1. Fermes d'État créées par Staline dans lesquelles le paysan était salarié.

dans les joncs de la Volga qu'il chassait autrefois, non loin de son village de Gorodnya. Hitler avait attaqué le Petit Père des peuples et c'était une sale nouvelle, d'autant que, la veille, les deux juraient encore avoir fait ami-ami. Filipovitch se répétait que sa patrie était grande. Grâce à l'immensité des républiques socialistes soviétiques, il serait épargné. Le front était loin, jamais il ne servirait de chair à canon. Mais, un matin de juillet 41, lui et un tas de gamins s'étaient entassés dans un train. Un voyage si long pour se joindre à la guerre qu'il avait eu le temps de se faire une idée sur sa condition.

*

Quand Aliocha se compare à une bête d'abattoir, je ne hoche même pas la tête pour ne pas couper son élan. La bête, dit-il, se laisse bringuebaler sans se douter de l'endroit où elle va. Peu importe qu'elle soit ici ou là, sa vie se résume à mâchouiller de l'herbe ou à se lustrer les plumes pour séduire sa promise. Faire le paon ou l'âne, c'est la seule façon de s'occuper, mis à part aboyer quand on est chien de ferme. Aliocha se traite lui-même de bête à deux pattes appelée homme, embarquée comme le troupeau dans un train partant en guerre, sans imaginer ce qui allait se passer. Si un journal tombait parfois entre ses mains, rien n'était entré dans le ciboulot. D'accord, la lecture n'était pas son fort, mais il y avait des photos. La guerre en première page, il en avait eu plein les yeux. Les bras levés, les défilés en uniforme, les canons, les fusils, les croix gammées, Hitler sur sa tribune vomissant des injures.

— *Tchiort*[1] ! Je n'aurais jamais dû monter dans ce train…

Sa guerre a duré dix jours. Puis il a pris un autre train, celui des prisonniers. Aliocha souffle fort pour tenter d'y voir clair. Que deviennent les bêtes de *son* sovkhoze ? Reste-t-il quelqu'un pour s'en occuper ? Sous les obus des anciens alliés, tout a volé en éclats sans que l'animal et l'homme y comprennent grand-chose.

Il se penche pour prendre une poignée de terre dans sa main rugueuse. La triture avec soin comme s'il cherchait ce qu'il y avait de bon dedans. Et la rend finalement à la terre parce que ce n'est que de la poussière piétinée par des milliers de bottes – rien de bon pour un paysan. L'humus, ça lui manque vraiment.

— Mon père parlait souvent de la guerre de 14. Y disait que ç'avait été un sacré carnage, et il en avait gros sur le cœur à propos du mal qu'on avait fait aux bêtes. Les chevaux, les bœufs, les mulets, les pigeons, les ânes, les chiens, on les avait déportés par millions, forcés à tracter des tonnes de canons, maltraités, torturés. Ils étaient morts sans comprendre pourquoi on les faisait souffrir et les détestait tant. Maintenant, les hommes se font ce qu'ils leur ont fait, et les animaux sont vengés. Tu vois, Alex, on est même pire que des bêtes d'abattoir qui savent pas où elles vont. Nous, on est comme des insectes dans une toile d'araignée et, crois-moi, quand t'y es, t'en réchappes pas. Ça dure, t'as le temps de souffrir et de regretter tout le mal que t'as fait aux animaux…

1. « Merde ! »

Il sonde encore la terre, cherchant quelque chose d'utile, de fécond qui le réconcilierait avec l'homme. Et, n'y trouvant rien, efface de la semelle le sillon qu'il a dessiné.

— La guerre, je n'y ai pas assez réfléchi… Sinon, tu penses bien, j'en serais pas là.

Le soldat Filipovitch fait partie du premier contingent de prisonniers russes arrivés au camp à la fin de l'été 1941. Nowak a raison de dire qu'il sent de plus en plus venir la mort, que Czarny sera bientôt débordé. Le vent de l'est n'a soufflé que la défaite. L'apprenti philosophe Aliocha découvre Sachso depuis une semaine et n'a pas encore été affecté dans un kommando. Loritz se montre étrangement bienveillant.

— Il paraît que tu écris des chansons sur le camp et sur nous. Les bestioles et les hommes, ça ferait un beau sujet…

Je réponds que c'est une bonne idée, que je vais y réfléchir. Et quand nous nous quittons en nous serrant la main, je lui demande de ne pas parler de mes chansons à n'importe qui. Il n'a pas besoin que je lui en dise plus. Ce camarade paysan a du bon sens.

Comparer les hommes à des animaux n'est pas idiot. Et si je pense à tous, s'y mêle forcément le nazi. À Sachsenhausen, le déporté est la bête de somme de ce tyran. Et lui, à qui ressemble-t-il ? Rat, pou, cafard, trop sommaire. L'engeance qui colle à sa peau est la *Calliphora vomitoria*, la mouche bleue du wagon des 102 qui guettait la mort du vieux type en pardessus. Comme elle, le charognard du camp aime les dépouilles. Il a besoin de se gorger de chair et de sang. La mouche bleue procède pareil. Plus il y a de plaies, de corps putréfiés, plus sa secte se répand. Mais elle a un point faible, elle ne peut attaquer un œuf qui n'est pas fêlé. Nowak approuve ce proverbe. Si la coquille est une armure, la nôtre s'appelle la musique, dit-il.

*

En 41, les poux me transmettent le typhus. L'épidémie se propage à chaque maillon de notre chaîne tant nous vivons entassés et sans hygiène. J'ai été rattrapé par la saloperie pendant la période où, quittant le kommando des chaussures, j'ai charrié des cadavres. Mort ou vif, les poux font la différence. Jusqu'au dernier souffle, ils se vautrent dans les vêtements et la chair de leur hôte, se goinfrent et, quand celui qu'ils épuisent s'éteint, ils agrippent leurs crochets au suivant, creusent, recommencent leur besogne.

Au crématoire, faut porter des corps, replier des bras, des mains, fermer des yeux, et je le fais avec le soin que l'on réserve aux amis. Les ravages du typhus s'ajoutent à ceux que produisent les *Calliphorae vomitoriae* de Sachsenhausen, ces suceuses de sang sur deux pattes bottées. Le flot est ininterrompu, les forges de Czarny ronflent à bloc. Lors d'un transport, j'ai dû m'approcher trop près d'un cadavre. Les poux ont senti l'aubaine. Quand il me voit agir ainsi, le singe ricane. « T'es trop attentionné, Kulisiewicz, à c'compte-là, ton tour viendra bientôt. » Lui ignore la raison justifiant le soin que je porte aux morts. Un soir, à quelques pas du crématoire, un cadavre empilé avait gémi d'un soupçon de rien. J'avais posé ma main sur la sienne, qui bougeait. Une voix d'outre-tombe avait murmuré : « J'étais certain d'être mort, je n'avais ni faim ni soif, je ne souffrais plus… J'étais en paix. S'il te plaît, ne me renvoie pas en enfer. Tue-moi pour de bon. » Je l'avais sorti du tas, supplié d'ouvrir les yeux, mais il avait fini par choisir de mourir. Et les poux ne s'étaient pas gênés pour coloniser la proie fraîche accrochée à la dépouille. Le typhus et eux s'étaient invités chez moi.

*

La contagion débute par une fièvre de cheval accompagnée d'un mal de tête à se la cogner contre les murs. La peau rougit, la langue aussi. Avant de se fendiller. Le ventre vide vomit de la bile. La suite est au petit bonheur la chance. On y passe ou pas, sans que le costaud s'en sorte mieux qu'un gringalet, parce que je le suis, à force. Le typhus tue au hasard.

Je délire dix jours. Au paroxysme, Czarny se penche sur moi. Il m'attrape avec ses bras de singe et me tire vers le crématoire où il fait une chaleur à crever. Avant d'être entièrement converti en cendres, il me force à avaler le repas du condamné, des mouches bleues nerveuses, bruyantes, qui gigotent dans ses mains. Comme je refuse, il me passe à tabac. Tout est vrai puisque, la fièvre retombée, je vois mes bras, mon ventre couverts de macules.

Au *Revier*, l'un des déportés infirmiers dont se servent les SS m'explique que le typhus provoque des hallucinations. Sa recommandation est de ne pas me lever et de garder les yeux clos lorsque le médecin SS Baumkötter fera le tour des lits. Paraître faible pour prolonger le sursis, et pas trop pour ne pas finir en gaveur de larves

Calliphorae vomitoriae : la marge est étroite, mais faut bien jouer la comédie car le docteur est retors. Son plaisir ? Débusquer le tire-au-flanc et y planter ses crochets. Baumkötter est le César local d'expériences sadiques et mortelles. Et les cobayes sont légion.

— Il faut que tu récupères un peu avant de recroiser Czarny, conseille l'infirmier en souriant.

— Tu le connais ?

— De réputation… Et tu as gémi son nom au moins cent fois. Celui-là, faudra lui écrire sa petite comptine…

— Tu sais qui je suis ?

— Tes chansons circulent dans le camp. Fais gaffe à ne pas trop élever la voix…

Je suis son conseil. Au *Revier*, on ne m'entend pas, même si je continue à écrire dans ma tête. Après quelques jours, mon protecteur juge qu'il devient urgent de retourner au baraquement : le SS-*Hauptsturmführer* Baumkötter tourne autour de moi.

Au block, je retrouve Jacek, Nowak, Piotr, mais les châlits de Bartosz et Narcyz sont sinistrement vides. Le typhus et Czarny. Je reprends ma place à la chaîne des chaussures, le bossu me fout la paix, Piotr ne fume toujours pas.

*

Nos nuits en musique se multiplient. On se retrouve parfois chez les Russes du soldat Filipovitch, parfois chez les Tchèques. Au block 26 se trouve Antonín Zápotocký[1], le « père des ouvriers », une figure socialiste

1. Futur président de la Tchécoslovaquie.

arrêtée en 1939. Pour son anniversaire, je donne un concert clandestin. Peu à peu, mon répertoire s'enrichit. La chanson du *Revier* s'appelle « Repeta ». Czarny n'en est pas le sujet principal, mais on retrouve ses méthodes. Les cauchemars du typhus ont servi. « Repeta » raconte comment le Kapo force les déportés à manger des navets pourris. Un prisonnier rongé par la faim n'a rien d'autre à se mettre sous la dent, et même si son ventre se tord, il est impossible d'avaler la tambouille. Disette ou poison ? Dans l'eau des navets pourris, dilemme insoluble. « Tes boyaux gargouillent, qu'est-ce que t'attends ? », gueule le Kapo de « Repeta ». Le déporté lorgne les navets. L'odeur le révulse. Mais l'estomac gémit. Torture insupportable. « Avale ! » Le tortionnaire frappe, il frappe avec le poing, il attrape la louche remplie de pourriture, vise le groin de l'affamé devenu porc, cogne jusqu'à ce que le chaudron soit vide et propre comme un sou neuf. Et ceux qui me voient jouer reconnaissent la scène vécue tant de fois.

Sois damné, Reich glorieux ! Sois damné…
Sois damné, Reich victorieux ! Sois damné…

Ces dernières paroles s'accompagnent d'une marche imitant la parade guerrière du nazi, exécutée en faisant la ronde autour d'un chaudron imaginaire rempli des bonnes choses qu'on nous servira le jour de la liberté. Ce rêve nourrit le ventre, la marche du chaudron finit par être connue dans le camp. En rentrant aux blocks, il arrive que l'un de nous se mette à défiler sur « Repeta ». Sans entonner les paroles, la troupe s'y met et les nazis se félicitent que la discipline entre enfin dans nos caboches.

*

Les mois passent. La coquille résiste vaille que vaille aux mouches bleues qui finiront écrasées – un coup, paume ouverte, un revers de la main en plein dans la gueule de la part de Churchill et de Staline –, car c'est le destin de l'insecte nuisible. Mais pour voir sa fin, faut tenir. Et ne jamais, jamais, jamais rien oublier.

16

On se fait à tout, répétait Piotr. Alors pourquoi est-il mort ? Moi, je ne me fais pas à son absence. Du châlit du haut, j'ai une vue d'ensemble sur le baraquement. Une bonne moitié des ombres du premier jour ont, elles aussi, déserté. Non, on ne se fait pas à tout.

Septembre 42 est bien avancé. Il fait froid, mais, ici, ce n'est jamais le juste milieu, jamais tempéré, brûlant l'été, sinon glacial. Le *Führer* a même réussi à détraquer le temps. Piotr me laisse en héritage un fil électrique rafistolé. L'eau suinte toujours du plafond... Sa voix rauque d'ancien fumeur me manque.

Ce fanfaron raconte-t-il à ses nouveaux voisins qu'il avait fait le serment de voir Hitler étouffer ? Mille fois, j'en ai été témoin. Neuf cent vingt-cinq matins et soirs, pour être exact – deux ans, six mois, douze jours. Ce type n'a pas respecté sa parole. Je le lui ai dit sur son lit de mort.

Il a souri.

— Tu le feras pour moi, Alex, ça t'obligera à vivre.

Une dernière fois, il s'est rempli les poumons du bon vieil air de la Terre.

— Et arrête de chialer.

Le dernier mot ressemblait à la plainte d'un petit animal blessé. Piotr avait dû se dire : ça suffit. Et c'était en effet fini.

Maintenant, démerde-toi pour tenir.

*

Après avoir arrêté de fumer, Piotr n'avait pas cessé de tousser. En juin 42, il crachait du sang. En août, il n'avait pu se lever. La schlague n'avait rien changé. Czarny s'inquiétait pour son supplément de tabac. Il avait accepté que Nowak et moi le portions au *Revier*. Trois jours plus tard, Piotr était parti. Mais avant de m'abandonner, cet enfant de salaud m'avait chargé d'une mission.

*

Malheureusement, on connaissait cette histoire, à Nikiszowiec, en Silésie. De minuscules poussières de charbon entraient dans les poumons et les détruisaient. La maladie du mineur. Mon père avait lutté des années, son frère beaucoup moins. Quand on crachait du sang, c'était presque la fin. Pour moi, le tabac n'avait rien arrangé. Au kommando, quand je penchais la tête sur les semelles des chaussures SS que je découpais, un filet rouge s'échappait goutte après goutte de mon nez, comme les grains d'un sablier. Mon sang tombait sur le cuir, le baptisait. Plus j'approchais de la mort, plus je pensais aux pieds nazis qui se glissaient dans ces godillots fabriqués à la chaîne. Des pieds guerriers, disciplinés par la marche en cadence, parfaitement serrés quand ils entendaient : « Heil Hitler ! »

Quelle douleur que de leur fabriquer des chaussures. Je me consolais en répétant que, bientôt, je n'aurais plus à le faire – et ça me donnait moins de regret de mourir.

Le soir, dans le châlit, quand nous avions terminé de discuter Alex et moi, je me tournais sur le côté. Yeux fermés, je sentais le sang se déposer sur mon bras. Si je tentais de m'allonger sur le dos, ma gorge se remplissait de caillots. J'étouffais. À force de mal dormir, l'esprit s'encombrait de mauvaises idées, et les choses malignes qui s'y trouvaient prirent le dessus.

J'étais désolé d'abandonner Alex et mes autres frères, Nowak et Jacek, mais, un matin d'août 1942, je n'ai pas pu sortir du châlit. Alex chialait comme un gosse. J'avais réussi à lui dire que ce n'était pas la bonne méthode pour tenir le coup jusqu'à la mort de Hitler. Il s'était forcé à sourire. M'avait traité de salaud. Et demandé de résister encore. Il pariait que la guerre se terminerait vite. Je n'avais pas voulu le décourager.

Nowak et lui avaient convaincu Czarny de m'emmener au Revier. *Il fallait que je me rétablisse si le Kapo voulait avoir sa dose de tabac. Jacek s'était montré plus persuasif. Ça l'amusait de se planter devant le nain et de le fixer sans rien dire. Un infirmier polonais m'avait pris en charge. Je l'avais vu faire non de la tête quand Alex l'avait interrogé des yeux. Je savais ce qu'il voulait dire.*

Mes deux amis étaient retournés au baraquement. J'imaginais ce qu'ils se racontaient, visages fermés, bras posés sur les genoux. L'infirmier m'avait rendu visite durant la nuit. « Combien ? », l'avais-je questionné d'un regard. « Deux jours, peut-être trois », avait-il répondu sans émotion tant la mort lui était familière. Mais il pouvait faire quelque chose. D'abord, m'empêcher de souffrir trop. Dans une armoire de Baumkötter, il y avait de la morphine. Et lui avait aussi trouvé un autre moyen de rendre ma fin moins douloureuse : faire passer une lettre à qui je voulais, de quelques lignes, en soudoyant un officier blessé à la guerre qui avait fait de cette drogue sa compagne ordinaire. Alex était venu me voir le lendemain soir, Czarny ayant cédé à Jacek. Alors j'avais ouvert les mains où se cachaient un morceau de papier et un crayon de bois pour qu'il écrive les mots que j'avais adressés tant de fois en pensée à Jadwiga, mots que la vie qui s'échappait m'empêchait de recopier. « Jadwiga », avais-je seulement murmuré. Alex, mon frère, il suffirait de te souvenir de ce que je te racontais d'elle. Sinon, d'inventer.

*

Seras-tu fâché, Piotr, si je t'apprends que ta lettre, je ne l'écris pas seulement pour Jadwiga ? Je m'applique, prends mon temps. Mais plus je le fais, plus Hanna virevolte devant moi. Les mots que je dépose sont aussi ceux que je gardais pour ma jolie couturière qui ne les recevra jamais, sauf si je prends soin de les confier à mon tour à Nowak ou Jacek avant de mourir ici. Allons, ne t'inquiète pas, je l'ai juré, je danserai pour deux sur la tombe de Hitler. Qu'importe de qui sont les mots et qui les ébruite ? L'amour, quand tu y penses, est toujours beau. Ce n'est pas une question de prénom ou de visage.

Je serre mes lignes afin d'en mettre le plus possible sur la feuille et prends soin d'expliquer à Jadwiga que je suis l'ami d'un homme trop faible pour écrire, mais dont l'amour n'a jamais ployé. Je parle de sentiments que je pense immortels. Faudrait-il ajouter quelque chose sur l'éternité et que, un prochain matin, vous serez réunis ? Si je le fais, c'est pour vous seuls, afin d'apaiser votre chagrin. Hanna et moi n'avons pas eu le temps d'en discuter. Est-ce bien de demander à Jadwiga, non pas de t'oublier, mais – comment dit-on ? – de « refaire sa vie », si ça lui dit, parce que Dieu se chargera de vous réunir afin que vous pardonniez à votre ange gardien de s'être endormi ?

Il me reste peu de place. Je crois que tu serais content si nous parlions de ton fils dont je suis un peu l'oncle lointain tant il me semble le connaître. C'est fait. Le garçon sait à présent que tu l'aimes, que tu crois en lui, que tu sais toi aussi qu'il est fort et qu'il apprendra à consoler sa mère. Tous ces mots me nouent la gorge. Voilà, j'ai fini. Mais quand je veux te lire ta lettre à voix basse afin d'être certain que tu es d'accord avec chacune de mes paroles, tu es mort pour de bon.

17

Malgré la mort de Piotr, je n'ai pas rejoint le kommando de Klinker ou de Speer. La faveur de Czarny n'a rien de charitable. Le typhus n'a pas eu ma peau parce que je suis *ein Stück*, un morceau qui exécute sa tâche. À quoi bon se séparer d'un laborieux solide quand, avec les criminels de droit commun, on a sa dose d'emmerdements ? Comparé à d'autres, Jacek est sage comme une image. Les triangles verts discutent les ordres, se battent, rançonnent. Or, les fortes têtes qui foutent le bordel, le nazi déteste. Pas d'éclats, sinon Böhm perd ses privilèges et, en retournant dans la fosse, il serait tué le jour même par ceux qu'il martyrisait. Ordre, discipline, têtes alignées sur la place d'appel, voilà comment obtenir des résultats se chiffrant en kilomètres de câbles récupérés, en tonnes de pierres réduites en poussière, en milliers de chaussures, en fusils, grenades, briques pour *Germania*. Et en corps carbonisés en grappes. Tant que Czarny me voit comme un clown égayant la vie des prisonniers, tant qu'il n'entendra pas « L'Internationale », le « Chant des déportés », « Muselmann », « Mister C. », « Repeta » ou, pire encore, « Czarny Böhm », ma dernière création, il me laissera en paix. Du donnant-donnant : pas de vague, pas de coup en vache. Alors je ne figure pas en tête de liste du crématoire.

Mais l'infirmier du *Revier* m'a mis en garde. La nuit, la voix porte. À force de me faire entendre…

*

1942, les mauvaises nouvelles s'accumulent. En août, Loritz est muté en Norvège afin d'y mesurer les effets de sa méthode sur les prisonniers d'un camp de travail forcé. Adieu au monstre ?

Sa silhouette replète disparaît de la place d'appel. Le bruit se répand qu'il ne bénéficie d'aucune promotion. La violence, la terreur, les milliers de prisonniers russes fusillés depuis l'entrée en guerre de l'URSS, cette chair de Tziganes, de communistes, de résistants, d'intellectuels, de juifs, ce sang versé, ça plaît en haut lieu. Pourtant, Loritz s'est mis à dos les SS, y compris Himmler, son ultra-chef. Pourquoi ? Le bruit se confirme. La concussion. Sur la place d'appel, ça bruisse, gigote avant de se figer. Ça parlote aussi dans les kommandos avant de cracher dans les mains et d'attraper la pioche. Un clope offert à un garde, un Kapo se souvenant qu'il est déporté lorsqu'on lui tend un carré de chocolat chapardé sur le dernier colis, les langues se délient. L'argent a condamné celui que je surnomme désormais « le petit Kaiser des escrocs ».

Au temps de sa splendeur, le SS-*Oberführer* a bâti un commerce efficace avec la complicité des *Blockführer*, ses fidèles chefs de block. Dans des usines labellisées Loritz, des centaines de prisonniers ont manufacturé des meubles vendus en catimini au profit de l'ex-maître des lieux. D'autres, ignorant l'escroquerie, ont forgé pour son compte des grilles, des garde-corps, des charrues, des tournebroches, des herses, même de la ferronnerie funéraire, tandis qu'un de ses kommandos privés organisait le pillage méthodique des cadavres, jusqu'aux dents, avant d'entasser le butin dans les caves du receleur. Et la combine aurait pu durer sans l'inspection impromptue du SS-*Obergruppenführer* Pohl, méticuleux intraitable de l'Office central pour l'économie et l'administration, débarqué au camp avec des soupçons plein la tête et un tombereau d'accusations émanant de ceux qui ne profitaient pas du trafic.

*

Loritz expédié en Norvège. Ce pourri s'en tire bien et, nous, nous n'y gagnons rien. Le remplaçant sort de la même école. En matière de barbarie, difficile d'égaler Loritz, mais Himmler a choisi le SS-*Standartenführer* Kaindl, parfait exécutant. Il le dit lui-même sur la place d'appel le jour de son arrivée en parlant à la troisième personne : le SS-*Standartenführer* Anton Kaindl « appliquera les ordres sans faiblir et sans exception ». On comprend qu'il vénère l'obéissance. Et ne tarde pas à montrer ce qu'il entend par ce mot. Si ce productif reçoit un mémo où il est écrit : « Ce mois-ci, tuez-en vingt mille », il (s')exécute. Et parce que Himmler récompense les bons élèves, on lui confie de nouveaux outils, comme la Station Z. Ce Z illustre l'obsession nazie : exterminer. Z, pour la dernière lettre de l'alphabet, Z, l'ultime station avant le crématorium.

À l'arrivée de Kaindl, Czarny rasait les murs. Un nouveau chef remet en cause, il veut changer procédures et hommes. Avant de se rendre compte qu'il n'inventera pas le fil à couper le beurre. Désormais, le Kapo se rassure. La Station Z est un bienfait pour lui et pour ses œuvres.

Le chapelet de couloirs gris et de pièces borgnes où s'organise méthodiquement la mort a été inauguré fin mai 42 en présence d'un parterre de SS triés sur le volet. Qui n'ont pas été déçus. On leur a réservé une surprise : l'assassinat de quatre-vingt-seize juifs. Une fois rentrés à Berlin, ils ont raconté à Himmler que ça fonctionnait plutôt bien. Et voici leur compte rendu dont moi, et quelques autres, avons eu la primeur. Puisque chercher à savoir, c'est survivre à Sachsenhausen. Et que Czarny ne sait pas tenir sa langue.

*

Un premier a été conduit dans une pièce du bâtiment. Il s'est déshabillé avant de passer devant un pseudo-docteur. Qui fait claironner de la musique afin de couvrir le bruit de l'exécution orchestrée dans un local voisin. Où un autre, entré sans méfiance, s'est présenté pour être mesuré. Pan, un coup de feu est parti. Dans la toise, une boîte, un pistolet dedans, le doigt du SS sur la gâchette. Pour chaque nouvelle tête, la toise est montée ou descendue selon la hauteur de crâne du spécimen. Le bourreau, revêtu d'une blouse blanche qui rassure, n'a plus qu'à tirer. Une balle par tête, économiser étant un principe du national-socialisme.

Parfois, la méthode varie. La tête collée au mur, le coup mortel est sorti d'un trou. Contentement général de l'aréopage SS. Dans la pièce d'après, on a dépouillé les morts devant eux, commerce opéré en silence afin de ne pas éveiller de soupçons chez ceux qui patientaient à l'entrée. Le butin a été jugé satisfaisant.

Ce jour de vernissage, il en restait vingt-sept à éliminer à 14 heures. La visite du crématorium a donc été expédiée (les invités connaissaient) pour s'intéresser au bunker à cendres. Étant plein à craquer, le responsable a promis que le nettoyage serait fait le soir même. Beau travail, quel résultat, mais tuer à coup de feu, un à un, tuer petit, était-ce optimal ?

Le mieux gradé de Berlin a interrogé un subalterne SS chargé de la besogne qui se reposait dans la salle mitoyenne. Tuer ainsi, a-t-il dit, est fastidieux, presque monotone. Le bruit du pistolet, l'odeur de la poudre, la mise en scène, la cervelle et le sang répandus sur un carrelage nettoyé à la serpillière afin de tromper le tantième candidat… et ces salamalecs pour le placer sous la toise… et ces couloirs… et ces salles en enfilade… Il y avait à redire. Sans parler du rendement faible. Le SS l'a écouté, mains gantées dans le dos, sans l'interrompre. Par expérience, il sait qu'on recueille d'utiles renseignements auprès des exécutants, et celui-ci, indiscutable solide Aryen, a répété qu'en son âme et conscience, sans vouloir manquer de respect, il était laborieux d'éliminer à la chaîne quatre-vingt-seize *Stücke*. Le Berlinois l'a félicité pour sa sincérité et a pris le temps de le rassurer. Himmler se penche sérieusement sur le sujet. Bientôt, la Station Z disposera d'outils plus performants.

*

Bien sûr, je n'ai pas assisté à la visite, mais Czarny raconte l'essentiel de ce qu'il a appris des SS sans franchir l'entrée du baraquement protégé par Jacek. Le bossu ne lésine pas sur les détails pour qu'on fasse dans nos frocs. Plus on la boucle, plus il parle. Et plus on apprend.

Bientôt, martèle le Kapo, y aura le nouveau système, alors, oui, il sera vraiment débordé. Mais silence. Il ne dira rien de plus. En garder sous le pied…

C'est vrai que les arrivages se multiplient. Des ombres disparaissent, de nouvelles les remplacent *illico*, ça virevolte, tourbillonne dans le manège à sang de Sachsenhausen – des centaines, des milliers de déportés y prennent place, comme Aaron Liebeskind, un horloger polonais de Biłgoraj embarqué dans un voyage aller simple vers l'abîme.

18

À vingt-quatre ans, les cheveux d'Aaron Liebeskind sont gris. Et je pense à la voisine de Piotr dont la chevelure a blanchi à cause d'un chagrin immense. Celui de l'horloger de Biłgoraj tient dans le corps d'un enfant de trois ans. Aaron a été déporté avec son épouse et leur fils à Treblinka, non loin de Varsovie. Et lui seul s'en est sorti.

Il m'a raconté comment elle était décédée vite, comment ensuite il tenait son petit garçon mort dans ses bras, le berçait, chuchotait : « N'aie pas peur, tu retrouveras bientôt maman. » Combien il avait encore des belles paroles au fond du cœur lorsqu'un Kapo avait voulu mettre fin à la parenthèse à l'eau de rose. « Le chiard va au crématoire ! » Liebeskind avait supplié le Czarny local d'attendre. Comme les corps à brûler s'entassaient, le Kapo était passé à autre chose. Peut-être fallait-il aussi que le four se repose. Aaron s'était agenouillé. Il caressait la joue bleuie de son petit, s'évertuait à retrouver un regard derrière des yeux clos, cherchait comment faire renaître un sourire sur des lèvres glacées, et une berceuse s'était invitée au cours de cette nuit de 1942. Chaque mot, l'horloger l'avait choisi avec soin, répétant mille fois les vers un à un, reprenant au début mille et mille fois, jusqu'à être certain, lui aussi, de ne rien oublier.

Crématoire porte noire
Qui à l'enfer mènera ;
On y traîne des corps noirs
Que la flamme brûlera.
On y traîne mon fiston
Aux cheveux d'or fin.
Avec en bouche tes mains,
Comment ferai-je, fiston ?

Oh, je me trompe et tu dors
Et alors mon fils, tu dors.
Fais dodo, mon petit et
Moi, moi, je te bercerai.

Et toi, soleil, pourquoi tu te tais ?
Toi qui sais la vérité.
À peine, trois ans qu'il avait,
Mais ils n'eurent pas pitié.

Ses yeux de cimetière
Qui te regardent d'ici-bas
Font des larmes de pierre
Qui ne coulent pas.

Oh, je me trompe et tu dors
Et alors mon fils, tu dors.
Fais dodo, mon petit et
Moi, moi, je te bercerai.

« La Berceuse du crématoire » lui avait donné la force de s'évader de Treblinka. Mais pour se réfugier auprès de qui puisqu'il avait perdu tout ceux qui comptaient ? Il avait été repris et envoyé à Sachsenhausen.

Ce jeune homme vieux, silencieux, absent, restait à l'écart. Je m'étais dit : c'est toi le premier jour, en plus désespéré. Et Piotr n'était plus là pour détourner sa main du fil et de l'ampoule. Je m'étais approché. Deux mots échangés. Guère plus. Pour tenter de l'arracher à l'océan de tristesse où il se noyait. Dès que je m'étais tu, il était reparti dans ses eaux tempétueuses. L'y rejoindre, je ne voyais que ça pour l'aider, et, parce qu'il fallait débuter par quelque chose, je lui avais parlé de ses cheveux gris sur sa tête juvénile. Alors son histoire avait jailli du maelström.

Depuis, lui et moi, on ne se quitte plus.

*

Aaron murmure en yiddish. Il n'est pas seul. Je suis là. Il n'y a plus de clown, rien que le chagrin pour accompagner la mélodie d'Aleksander Wertyński sur laquelle j'ai posé les paroles déchirantes de l'horloger de Biłgoraj traduites en polonais depuis qu'il m'a autorisé à partager « La Berceuse du crématoire », l'essence même de ce qu'il reste de sa vie. Et ce n'est pas évident de se dessaisir d'un bien irremplaçable qui l'aide à tenir encore un peu debout. *La souffrance est notre histoire, notre musique, la seule façon de résister…* Ces mots ont décidé Nowak à se rallier au projet – déraisonnable – de chanter la nuit dans les blocks.

Je les ai répétés ; Aaron a accepté de se libérer de sa solitude. Depuis, il se joint à moi lorsque je me rends dans un baraquement. Nous ne venons pas seuls. « La Berceuse du crématoire » est à nos côtés. Et je débute ainsi :

— Ne comptez pas sur cette comptine pour vous endormir…

Même les triangles verts chialent.

Quand nous avons fini, que nos voix ne sont qu'un murmure éteint, Aaron s'en retourne au crématoire où sommeillent les cendres des siens. La berceuse qu'il psalmodie de sa voix grave est ce qu'il reste d'eux, la lettre ou la photo qu'il n'aura pas.

De retour du coin céleste où ils se trouvent, Aaron semble redécouvrir le monde qui lui a fait tant de mal. Mais il n'en veut pas à tous ses habitants parce qu'il y a nous. Peut-être n'a-t-il plus assez de forces pour la haine. Ou y a-t-il renoncé afin de ne pas ressembler à ceux qui l'ont détruit. Plutôt que de se frotter à l'obscénité des nazis, il chantonne pour son fils et son épouse l'air auquel il ajoute parfois des paroles comme celles-ci.

Te jeter au feu, comment pourrais-je ?
Tes larmes crient…
Ils t'ont fracassé la tête contre le froid mur de pierre…
Et partout ton sang…

Se souvient-il que nous autres, nous entendons sa voix ?

*

Jour après jour, lui et moi faisons connaissance. Ami, ce serait trop lui demander. Il n'y a pas assez de place dans cette vie emplie par le chagrin. Mais un miracle se produit parfois. Il se raconte un peu, davantage la fois suivante, et je comprends que sa voix aille ici et là, de mot en mot tels des éclairs crucifiant le tourment qui le ronge petit à petit. Son fils, me dit-il, c'était *Liebeskind*, « l'enfant de l'amour ». Le nom, le sang, l'incarnation de ceux qui l'ont précédé. Leur futur aussi. Et tout est fini. Un SS a arraché *Liebeskind*, « l'enfant de l'amour », des bras de sa mère, l'a jeté contre un mur, lui a brisé le crâne. Aaron entend encore le bruit des os.

Jacek, silencieux et protecteur, serre les poings. Les jointures de ses doigts craquent. Aaron continue. Son épouse, tuée en premier, n'a pas eu le temps de pleurer – c'est mieux ? demande-t-il à je ne sais qui. Il ferme les yeux pour enlacer le chagrin d'eux trois.

Il s'intéresse parfois aux ombres qui l'entourent sans qu'il soit possible de savoir ce qui tourne dans sa tête, revient vers nous quand on ne s'y attend pas.

— Tu devais avoir une belle montre, Alex…

— Comment le sais-tu ?

— Tu regardes souvent ton poignet… Elle te manque ?

— Je n'arrive pas à l'oublier, souris-je tristement en pensant à Hanna.

Il soupire, semble désolé pour moi.

— À Biłgoraj, j'en réparais à la chaîne. Et maintenant, je ne sais même plus à quoi sert de rafistoler les minutes et les heures…

Comme il n'y a rien d'autre à faire depuis que le temps s'est arrêté une nuit à Treblinka, il ajoute soudain :

— Demain, nous chanterons encore.

Aaron n'a plus peur de rien.

19

La musique peut-elle nous sauver ? Parfois, j'en doute. Je lui demande beaucoup, mais ne suis pas le seul. Le compositeur et chef d'orchestre Rosebery d'Arguto a été déporté à Sachsenhausen où il a monté une chorale clandestine. De son vrai nom Martin Rosenberg, il est passionné. Piotr aurait aimé ce sympathisant du monde ouvrier.

Juif et socialiste, voilà qui avait suffi pour l'arrêter à Berlin où il se rendait afin de régler des affaires personnelles. Nul besoin d'une longue procédure. Tout de suite, Sachsenhausen. *Raus !* Mais la musique ne le lâche pas. Sur place, assisté de sa seule réputation, il a réuni une trentaine d'esprits libres qui se serrent au milieu des châlits, investissent un réfectoire, poussent les tables et se jettent à l'eau pour chanter. À l'heure de la répétition, voilà qu'en un instant la tenue rayée s'efface, devient costume de scène. La lumière rasante du soir entre par une fenêtre, comme la poursuite au théâtre. Le public, une poignée d'inconscients, s'interdit d'applaudir. Musique, maestro ! Rosebery d'Arguto tend un bras, Nowak observe son geste. Les cris, les injures, les insultes s'oublient. Les voix s'élèvent, effaçant les brimades, les violences, les affronts, l'injustice. La dignité revient.

Rosebery d'Arguto non plus n'a pas peur. Il affirme qu'il n'y a pas de petit et de grand art, que mes chansons et mon allure de clown participent au même idéal de liberté que sa chorale. Et que les deux ne forment qu'une seule harmonie. Les haut-parleurs de la place d'appel peuvent vomir leurs décibels, rien n'égale un ténor, un alto, un baryton, un soprano, une basse, soudés par une cantate de Bach. La musique peut-elle nous sauver ? Avec Rosebery d'Arguto, je n'en doute plus. Elle est bien un combat.

*

Afin de ne pas attirer l'attention, il faut varier les lieux de réunion. Et pour en trouver de nouveaux, l'ombudsman est utile. Nowak aide Rosebery d'Arguto à négocier avec les blocks, Jacek surveille… Les représentations s'enchaînent. L'idée d'organiser un récital de nuit surgit. Ce soir-là, on finit par se croire invincibles. L'air est doux, il a cessé de pleuvoir, la terre boueuse de Sachsenhausen ne colle plus aux sabots. La musique donne des ailes. La répétition vient de s'achever. Un reste de prudence nous rappelle qu'il ne faut pas sortir du block tous ensemble. Alors Jacek organise. Lui en premier pour un tour d'horizon. Moi ensuite. Puis les autres. Mais le baryton et le ténor sont indisciplinés – l'art et l'ordre, mauvais mariage. Rosebery s'affiche devant le block en compagnie de ses voix. Traîne, discute. Jacek grimace, quatre gardes s'intéressent au rassemblement. Il siffle, le chef de chœur ne l'entend pas.

Commence la rafle générale des choristes. Jacek me saisit le bras. Se débiner. Sans paniquer. Lentement. Il baisse la tête, traîne des pieds. Rosebery me regarde. Sans comprendre.

— Avance… Lentement. Te retourne pas !

J'obéis à Jacek.

Je ne reverrai jamais le musicien. Transféré à Auschwitz-Birkenau où même les poètes distraits savent ce qui les attend.

Comme un pressentiment, il a écrit peu avant « Jüdischer Todessang », l'agonie de dix frères assassinés. Et choisi la mélodie yiddish « Tsen brider » afin que ne s'oublie pas le « Chant de mort des juifs ». Je le connais pour l'avoir entendu bien des fois en répétition. Les paroles sont gravées dans ma mémoire de clown triste.

Dix frères

Nous étions dix frères […],
l'un de nous est mort, neuf sont restés…
[…]
Nous étions neuf frères,
l'un de nous est mort, huit sont restés…
[…]
Nous devons aller au gaa-az…
[…]
Nous étions huit frères,
l'un de nous est mort, sept sont restés…
[…]
Nous devons aller au gaa-az…
[…]
Yidl avec ton violon, Tevje avec ta basse,
Chante-moi une autre chanson,

[...]

Nous devons aller au gaa-az...

[...]

Maintenant, je suis seul, avec qui vais-je pleurer ?

[...]

Nous étions dix frères, nous n'avions blessé aucune âme...

*

Aaron aussi est transféré à Auschwitz-Birkenau[1]. En 1942. Ne reste de lui que sa voix profonde et basse. Je m'y accroche, elle ne me lâche plus. « La Berceuse du crématoire » et « Jüdischer Todessang » ont agi comme une révélation. Désormais, je dois accompagner mes chansons de discours. Dans les blocks où je me rends en secret, je martèle que le nazi sera écrabouillé, Hitler pendu. Que la Pologne redeviendra ce qu'elle était. Mes chansons, mes numéros ne sont plus simplement le legs des hommes qui souffrent et meurent, mais le récit d'un monde exécrable, monstrueux, qu'il faut bannir de la Terre. Si quelqu'un me demande de baisser d'un ton, je l'envoie balader :

— Tu ne veux pas m'entendre ? Eh bien, va-t'en !

— Ta voix porte trop, me dit aussi Nowak.

Je m'en fous. Je chante pour Piotr. Pour Aaron. Pour le comptable naïf. Pour Martin Rosenberg et toutes les ombres qui ont déserté les lieux. Je les venge en hurlant que le *Führer* s'est cassé les dents sur la Russie. Que, bientôt, ce sera fini. J'apprends par Aliocha que l'attaque allemande est un échec.

1. Aaron Liebeskind et Rosebery d'Arguto y mourront.

Que s'il y a eu des millions de morts et de prisonniers, l'Armée rouge ne cède pas. Le *Führer* s'est jeté sur Stalingrad, mais la ville tient bon. C'est le moment d'y croire, de s'accrocher. C'est le dessein de *Germania*, une chanson écrite en partie avant Stalingrad. Pour ne pas crier victoire trop tôt – peut-être par superstition aussi –, je l'achève lorsque la nouvelle nous parvient : Berlin a échoué. Hitler s'en prend « plein la gueule ».

Guerre, guerre, foutue guerre…
[…]
Moscou est au sommet, le Reich s'effondre
Berlin seul est encore debout…
Et Son Altesse Royale ? Il s'en prend plein la gueule…
[…]
Germania – Ma-ni-a !
Si seulement tu pouvais être comme la petite Croatie,
Germania !
Si seulement tu pouvais être comme la minuscule Monaco,
Imaginez toute l'Europe comme ça !
Aussi, je vous suggère d'envisager… la castration.
Germania – Ma-ni-a !

Guerre, guerre tant aimée…
Vous allez vous casser les dents à courir comme ça…
Les cloches annoncent le triomphe,
Mais Stalingrad n'est pas germanisée

[…]
Vous avez eu la moitié du monde,
Germania !
Maintenant vous avez de la merde dans le pantalon…

Et que la merde pour le rafistoler !
Ah, quel pays de merde !
Mieux vaut être minuscule comme Monaco
Plutôt que d'avoir une Europe comme ça...
Très chers, envisagez donc la castration...
SS Germania – Ma-ni-a[1] *!*

« Germania » est un succès. Insolente, grossière, elle plaît. Mais ce qui fait l'unanimité, c'est de pouvoir la chanter devant un SS.

En marmonnant la mélodie du bout des lèvres tandis que les paroles restent au fond des gorges. Sauf quand il faut hurler : « *Germania – Ma-ni-a !* » Ah, combien le SS aime nous entendre clamer la grandeur du Reich puisqu'il ne peut être question d'autre chose !

Un jour cependant, l'un des leurs nous arrête en plein élan. La musique est bien, les paroles, en revanche, elles manquent. Enfin quoi, ne peut-on pas trouver quelques rimes, histoire de donner du lustre à une si belle mélodie ? Les plus audacieux promettent d'y réfléchir, mais la bonne volonté ne suffit pas. Aucun ne trouve... Il en est autrement lorsque nous sommes entre nous. Car le soir, ça braille. Et en polonais ! Une énigme pour le Boche de base. Dans les blocks, « Germania » est devenue le clou du spectacle. J'ajoute aux paroles les simagrées des parades hitlériennes. Une-deux, genoux levés et cou tendu... Une-deux ! Voilà la marche glorieuse des pantins du Troisième Reich écrasés à Stalingrad.

---

1. Extraits choisis.

*

— Faut ralentir. Czarny te regarde de travers, me prévient Jacek.

— Il veut savoir ce que je pense ? Eh bien, qu'il écoute !

Czarny, je lui ai réservé un chien de ma chienne. Paroles et musique. C'est la veille du nouvel an 42. Date symbolique puisque le changement d'année nous rapproche de la délivrance – c'est arithmétique, un gosse comprendrait ça ! Et moi, je veux y croire. À force de privation et de troc, nous avons stocké de quoi améliorer l'ordinaire : du pain en supplément, du gras aussi, et la double ration de soupe. Il y a même un petit cabaret aménagé au block 23. On sent comme une sorte de relâchement dans le camp. Ça sent la trêve, alors je chante la première version de « Germania » avant d'annoncer « Czarny Böhm », de belles strophes en l'honneur du Kapo qui se félicite d'avoir incinéré « plus ou moins » dix-huit mille prisonniers soviétiques. Hélas pour le bossu aux bras trop longs, je fais surtout parler son fantôme, une cendre parmi les cendres.

Que ce soit de nuit ou de jour,
Je fume des cadavres – plein de joie !
Je fais une fumée noire et noire,
Parce que je suis noir, noir Böhm !

Et des poussins et des jambons…
J'aimerais aussi des enfants.
J'aimerais avoir cent cheminées,
Exactement comme à Birkenau !

Hip Hourra ! Russkoffs en enfer !
Mais il n'y a toujours pas de juifs ici !

Jacek siffle.

Je m'arrête.

Mais le block réclame la fin – la fin de Wilhelm Böhm. Sa mort qui arrive dans le dernier couplet.

Je ne résiste pas.

Je vais les fumer jour et nuit.
Une vraie fumée, fumée va monter…
Et dedans, noir, noir Böhm.
Ah ah ah ah ah ah ah[1] *!*

Quand Böhm se tait pour de bon, je n'entends que les hourrahs du block dans lesquels se noie un nouveau signal d'alerte de Jacek. Cette nuit, nous sommes libres, et ça fait du bien. Les bons moments se payent-ils forcément par une gueule de bois ?

1. Extraits choisis.

20

Wilhelm Böhm n'a pas eu de chance. Le bossu est mort d'une infection contagieuse sans avoir pu profiter vraiment de la chambre à gaz installée en mars 43. *Un pou à typhus a eu raison de cette vermine.* Voilà qui aurait pu servir d'épitaphe s'il avait eu une tombe. Czarny parti, bonne nouvelle ! Mais les fous du feu, y en a à la pelle. Le Kapo Sakowski entasse les cendres au *Krema*[1] avec autant de maniaquerie.

Tobiasz, un voisin de châlit, professeur de sciences polonais et partisan du socialisme, n'a pas besoin de plume ni de papier pour calculer le nombre de corps déjà brûlés. Les escarbilles d'un homme équivalant à un litre de poussière, le savant a estimé le nombre de mètres cubes tassés à la Station Z, puis a divisé. Le résultat – arrondi – est inéluctable : trente mille vies, sans compter la ronde des camions déchargeant des cendres au canal Hohenzollern.

En matière d'industrialisation de la mort, le SS-*Standartenführer* Anton Kaindl et sa chambre à gaz rutilante s'y connaissent. Et le fait que ce sale type n'ait aucune appétence pour tout ce qui n'est pas nazi

1. Crématorium.

condamne les Zébras, sobriquet inspiré par la tenue rayée du déporté. Zèbre ou bête de somme, Kaindl s'en fout. Sa chambre à gaz turbine, le crématoire aussi. Il y a du rendement. Jour et nuit, il vide la Terre des indésirables. Kaindl, soldat discipliné, exécute à tour de bras, et Czarny brûle chez Belzébuth en attendant que ses compères SS le rejoignent.

*

Dans ce monde peuplé de créatures inhumaines, il est difficile d'effectuer le classement des plus horribles. Mais je m'y suis essayé. Qui arrive en tête ?

Sakowski, l'*alter ego* de feu Wilhelm Böhm, aurait pu tenir la corde s'il ne nous avait quittés, lui aussi, en 43, afin de s'occuper (à sa manière) des déportés travaillant à l'usine Heinkel. Eh quoi, les bons éléments s'arrachent, et le Kapo a montré l'étendue de son art. À l'ardeur de la jeunesse (on ne lui donne pas plus de vingt-cinq ans) s'ajoute un goût sûr pour le sadisme. Sakowski aime affamer les prisonniers, les fouetter ou les arroser d'eau froide en hiver, lorsqu'ils sont dehors. Mais ce bourreau qui s'échine à plaire aux SS adore aussi le chaud, le très chaud. Ainsi, tantôt il tue, tantôt il brûle. Deux pour le prix d'un, une pépite de cette valeur, en haut lieu nazi, on apprécie.

Böhm ou Sakowski, qui décroche le record de brûlés ? À mille près, Tobiasz hésite à trancher. Mais la quantité est-elle le seul critère de la cruauté ? Skorzeny, une sorte de mercenaire en uniforme qui s'attribue la libération de Mussolini du *Campo Imperatore*[1], puise dans le troupeau des Zébras pour tester des armes qui serviront à ses actions d'éclat derrière les lignes ennemies. Quels sont les effets d'une balle empoisonnée sur un vivant ? Comment le corps réagit-il après avoir absorbé des doses miniaturisées de cyanure ? Le camp de Sachsenhausen est un beau terrain de jeux pour les petits démons du Reich. Et en matière d'expérimentation, le SS-*Hauptsturmführer* Heinz Baumkötter fait même figure de premier de la classe.

*

Par leur nature, mes travaux ne connaissaient ni limites ni retenues. Je rôdais entre l'ombre et la lumière, cherchant pourquoi, au-delà du hasard, la mort ou la vie l'emportait de façon inique selon les sujets, et sans loi unanime liée à la race, à l'âge, à la couleur ou à la forme des yeux, et tant d'autres facteurs auxquels se mêlait la résistance mentale moins quantifiable que la vigueur du sang. Il était donc difficile d'établir une règle générale qui livrerait de manière indiscutable la raison pour laquelle une blessure, une infection, une mutilation de nature comparable évoluaient de façon variable, et c'était le devoir du chercheur d'étudier sans relâche, d'expérimenter jusqu'à comprendre pourquoi. Pour résoudre cette énigme, il fallait être curieux de tout, tâtonner, s'intéresser au poids,

1. Sous le nom de code d'« opération *Eiche* », un bataillon de parachutistes placé sous l'autorité du major Harald Mors et une unité spéciale des commandos de la Waffen-SS dirigée par Skorzeny libérèrent Benito Mussolini, emprisonné en 1943 après avoir été renversé par le Grand Conseil du fascisme.

à la taille, à l'ascendance, à la forme oblongue ou plate du cerveau, à l'épaisseur des muscles… Le champ des possibles était infini, et j'éprouvais une jouissance rare à explorer les moindres recoins de l'anatomie.

Je collectionnais des organes tranchés à vif quand le sang était chaud afin de saisir au plus près les effets physiologiques qui se produisaient à l'instant du dernier soupir. Ensuite, j'étiquetais des mâchoires, des bras, des jambes, des os et, pour l'amusement, des sexes aux formats extravagants. Puis je comparais. Chaque vivisection donnait lieu à un rapport concis dans lequel je démontrais le caractère supérieur de l'Aryen. Je cherchais, car j'étais chercheur, à expliquer les erreurs de la nature et, en conséquence, à corriger sa dégénérescence afin d'offrir au Reich la vérité sur la pureté originelle d'une espèce corrompue par des millions de mixtions contre nature ayant engendré toutes sortes d'indignités. Je travaillais aussi sur les remèdes visant à éradiquer ces errances. Gaz, poison, balle dans la nuque, il fallait déterminer la méthode la plus efficace et la plus économique qui rétablirait la pureté de la race.

Pour que cette œuvre réussisse, notre nouvelle Germanie autorisait tout. J'agissais librement, en secret, j'étais en ligne avec Himmler. De fait, je m'amusais. Faire renaître un demi-dieu antique était plus excitant que le sacerdoce d'un médecin de quartier soignant angineux, phtisiques et poitrinaires. À quoi bon réparer ce qui était mal formé ? Il y avait mieux à faire dans la sélection. Inventer le meilleur plutôt que de réparer le médiocre, voilà qui valait bien quelques hurlements à Sachsenhausen. Je participais à l'ivresse ressentie par le peuple depuis l'avènement de Hitler, un sentiment de puissance, de supériorité qui tranchait avec la fadeur du monde étriqué d'avant. Je servais un projet plus héroïque que les fadaises des membres de la faculté, obsédés par ces mots corrompus : l'éthique et la morale. Je garrottais l'inutile et le malsain.

*Je n'étais pas fou, je ne servais pas des fous. J'étais Heinz Baumkötter, SS-*Hauptsturmführer, *un grade plutôt modeste qui me permettait pourtant d'accéder à des fonctions impérieuses. J'étais le bras armé du Reich qui m'avait accordé sa confiance parce que j'étais l'un des siens, initié parmi les initiés. Il me suffisait d'entrouvrir l'armoire en métal où étaient consignés dans le formol mes prélèvements pour mesurer à quel point ce que je produisais était extraordinaire, conforme aux vœux du* Führer. *Et essentiel aux progrès de notre science. Dans des dizaines de bocaux parfaitement classés, il y avait des yeux, des doigts, des cœurs, des poumons – un précieux cabinet de restes humains dont j'étais l'archiviste –, des chairs que j'avais scalpées, décollées, arrachées pour en extraire la substantifique moelle jusqu'à la dernière goutte de vie et ouvrir ainsi un chapitre héroïque de la connaissance allemande. Dans l'armoire voisine, je rangeais les poisons, les drogues, les gaz mortels, les sédatifs avec lesquels j'organisais la douleur, mon objectif étant de l'accélérer afin qu'elle entre à ma guise dans le système nerveux et détruise, puisque je voulais mesurer et maîtriser tout. Je savais aussi bien tuer vite que prolonger l'existence. Au nom des avancées de notre noble médecine, je construisais peu à peu le modèle aryen capable de résister à la fatigue, de marcher en perdant son sang, de résister à la soif, à la fièvre. Une route parsemée de quelques échecs et de saines récompenses.*

Le progrès, exigeant, réclamait nombre de cobayes. Heureusement, la source de Sachsenhausen était intarissable. Je puisais, je puisais. Rien ne me retenait, tout m'encourageait. J'étais Heinz Baumkötter, docteur SS du Revier *de Sachsenhausen. Et, ce matin, je faisais face au dénommé Aleksander Kulisiewicz, une proie débarquée chez moi grâce aux petites dénonciations entre déportés.*

21

Ça tombe quand on ne s'y attend pas. À la fin de l'appel, un SS s'approche du Kapo. Et donne un nom à voix basse. Cruelles, ces secondes d'incertitude plombées par la peur. Le SS allonge le bras, trace dans l'air une ligne à hauteur des visages. Tous les yeux se ferment, mais à quoi bon faire l'autruche ? Le SS arrête son geste, déplie l'index. Et désigne. Parfois, il fait mine d'appuyer sur une gâchette avant d'ordonner au Kapo d'aller chercher son gibier.

— Viens par ici, Kulisiewicz !

Le Kapo attrape ma manche.

— Le *Schütze*[1] me dit que t'as rendez-vous au *Revier*. C'est pour une révision, y paraît…

Il se bidonne.

— Pas avec n'importe qui… Le docteur Baumkötter t'offre une consultation gratuite. Je savais pas que c'était ta fête !

*

Le SS Heinrich Friedrich Wilhelm Baumkötter est très connu chez les déportés. Comme un chat noir

1. Simple soldat.

dont il ne faut pas croiser la route. Il croule sous la besogne depuis que Himmler l'a autorisé à mener des expériences sur les prisonniers à la manière des rats de laboratoire. Lorsque ses jouets le lassent, il se plonge dans les tâches administratives, la plus importante étant de trier, d'un côté, les utiles pour le travail, de l'autre, les incapables. Un classement sans fioritures, deux colonnes, des lignes sur des pages et une croix ici ou là : case « sursitaires » ou case « condamnés », ceux-là étant fusillés. Pas de simagrées, de Station Z, de passage sous la toise. Un regroupement devant une poignée de fusils, et pan ! Baumkötter est de ceux qui ont imaginé la musique afin que les déflagrations ne s'entendent pas dans le camp.

Autant d'activités, ça réclame du temps, si bien que ce médecin n'en a plus vraiment pour s'occuper des vivants. Sa « révision », comme en rigole le Kapo, tous les déportés savent qu'elle vous fait finir à la casse.

*

Je marche, encadré par deux *Schütze* qui discutent entre eux. Ils m'asticotent le dos avec la crosse de leurs fusils. Quand il faut prendre à gauche ou à droite, c'est l'épaule qui encaisse.

Le *Revier* se trouve au bout d'une petite allée. Cent mètres, et j'entre chez les rats de laboratoire. Un autre *Schütze* prend le relais. Lui me force à descendre l'escalier en tabassant mes reins. Frapper. La norme. Au sous-sol, je suis conduit sans un mot dans une pièce aveugle. Un lit tient compagnie à une chaise et à une table en fer. Sur laquelle est posée une lampe.

Et une seringue remplie d'un liquide. La peur suinte, mon cœur galope. Gamberger sans repère ni notion du temps qui passe. Sans savoir qui se trouve à ce niveau, qui va surgir du trou à rats. Les murs sont couverts de salpêtre merdasse. La moisissure pique l'air. Le *Schütze* mutique m'a attaché sur la chaise, mains croisées dans le dos. Deux questions émergent. 1) La saloperie qu'on va m'injecter me fera-t-elle beaucoup souffrir ? 2) Mourrai-je vite ou lentement ?

J'essaye de me concentrer sur mes amis du block et sur les chansons dont je n'ai laissé aucune trace écrite, de retourner dans le passé, à la douceur des étés, de rejoindre ma vie lorsqu'elle n'était pas enfermée. Rien ne vient. Ni parfum, ni bruit, ni visage. Seul l'instant où la porte va s'ouvrir me hante.

Baumkötter entrera. Et tout sera fini.

*

*Un droit commun affublé d'un triangle vert avait négocié son affectation dans un kommando tranquille contre un nom, celui de Kulisiewicz, une forte tête adepte de la chansonnette subversive. L'informateur avait rapporté les faits à un Kapo qui s'était empressé de transmettre le dossier à un supérieur, et l'affaire, insignifiante, était devenue capitale pour un jeune SS-*Obersturmführer. *Il était venu au* Revier *sans rendez-vous pour m'en parler. Je l'écoutais distraitement ânonner que chanter clandestinement, et de nuit, était un acte criminel, et que le déporté avait traité Wilhelm Böhm de « singe ».*

Ce jeune officier court de taille dérangeait une journée déjà fort remplie pour une question de discipline. Il y avait des règles, des punitions, je ne saisissais pas pourquoi il ajoutait un sujet mineur concernant un subalterne mort à ceux qui me préoccupaient. Gagné par la mauvaise humeur, j'avais répondu que personne ne pouvait contester que, jusque dans le balancement des bras, le Kapo était simiesque. Je cherchais à rabaisser ce paltoquet pérorant dans un uniforme flambant neuf qui n'avait même pas connu l'héroïsme du baptême du feu, mais, vexé que je lui prête peu d'importance, il avait osé m'affronter. « Pourriez-vous affirmer qu'il ne s'est pas moqué du Führer *et de nous, les SS ? » Il avait l'air si sûr de lui que je me suis mis à douter. « Ne prenez pas l'affaire à la légère, Baumkötter. Je ne suis pas seul à penser qu'il faut agir avec fermeté. Le SS-*Standartenführer *Anton Kaindl ne veut plus entendre sa voix d'insoumis. Il veut faire un exemple qui étouffera les vocations. Et c'est un ordre. »*

La volonté du commandant du camp, ce n'était pas comme celle de Himmler, mais il fallait rester prudent. « Pourquoi n'a-t-on pas simplement tiré une balle dans la tête de ce Kulisiewicz ? », avais-je demandé d'une voix adoucie. « Kaindl souhaite que vous vous chargiez de sa mort, avait souri mon vis-à-vis. Et il veut "quelque chose" qui marque les esprits. C'est pour cela que je vous ai rendu visite. Êtes-vous décidé, maintenant ? »

22

La porte ne s'est pas ouverte. J'attends. Depuis des heures. J'essaye de faire revenir Hanna, d'aller chercher Max Winkler pour rire ensemble. Avec Piotr, je discuterai le bout de gras. Et Izak, mon ami d'enfance, je me demande s'il pense toujours à moi. Mais tous, même le courage, ont fui ces lieux hantés par la mort. Baumkötter, lui seul habite dans ma tête. La chaise où je suis attaché grince. Forcément, le bruit s'entend dans le couloir. Forcément, Baumkötter passe, tend l'oreille. *Qu'il n'espère rien celui-là, je ne l'oublie pas.* Les cris dans la pièce voisine, c'est forcément un homme suppliant le docteur SS d'arrêter de le torturer. Baumkötter est l'ogre qui loge la nuit dans le placard des enfants.

Grâce aux infirmiers, déportés eux aussi, nous savons qu'il regorge d'ingéniosité. Depuis son arrivée en octobre 1942, il en abat (et pas que) du travail dans son domaine – la sélection –, usant de l'assassinat comme méthode « scientifique ». Il mesure la douleur, empoisonne, martyrise jusqu'aux limites de la résistance. Des « expériences » singulières pour fabriquer des machines capables de marcher sans pause ni repos, de tuer comme dix jusqu'à oublier ce qu'ils furent, ce qu'ils font. Dans la seringue qui me nargue, une nouvelle invention sommeille-t-elle ? Une concoction qui brûlera mes veines, qui étouffera mes poumons ? Les infirmiers racontent aussi que Baumkötter travaille depuis peu sur le sommeil des sous-mariniers de la *Kriegsmarine*[1] écumant l'Atlantique. Épuisés par leur vie sans nuit ni jour, leurs yeux vissés sur le périscope se ferment, les torpilles paressent dans les tubes, elles ne coulent pas assez de convois alliés. Il faut améliorer le rendement. Baumkötter se charge des piqûres, observe la façon dont les « élus » résistent à l'épuisement une fois conduits sur une piste cabossée de sept cents mètres qu'ils sillonnent onze heures d'affilée sans vivres ni eau, avec une charge sur le dos. Sur des organismes déjà soumis à toutes les privations, l'effet est radical. Nous, déportés rentrant de kommando, entendons souvent les cris des nôtres et les coups portés sur eux avant qu'ils ne s'écroulent. Ils devraient être morts, mais la drogue bat dans leurs veines et les SS leur disent que, s'ils obéissent, ce sera bientôt fini. Alors ils se relèvent, reprennent la marche. Métronomes qui battent la mesure, ils oublient ce qu'ils font, qui ils sont. Tenir une douzième heure, est-ce possible ? Curieux, insatiable, Baumkötter augmente la dose. Tant que le cœur d'un seul tient, il continue.

Le calvaire des cobayes est aussi long que l'épreuve qu'ils subissent en testant les chaussures *made in* Reich. Nous, les déportés, les apercevons en sortant du camp au petit matin, et détournons les yeux par peur que le sort ne nous désigne au retour des kommandos.

1. Ou *Reichsmarine* (marine de guerre allemande).

Quarante kilomètres de cailloux, de sable, de bosses, de trous, de pierres. Un marathon effectué en l'honneur des semelles *Germania*. Septicémie, épuisement, le Zébra en meurt. De ça ou d'une piqûre de benzine – autre façon de tuer –, quelle importance ? Le stock de Zébras est inépuisable.

*

Quand ils sortent du *Revier*, pour simplement respirer l'air, les infirmiers racontent aux autres déportés ce qu'ils voient et entendent. Ils se soulagent en révélant les crimes des SS. Leurs mots sont de la gangrène qui colle à la peau et, dans le sous-sol du *Revier*, tous me reviennent comme ces expérimentations sur la jaunisse et sa manière de détruire le corps à la sauce Baumkötter. Un type de vingt ans à peine vidait son sac parce qu'il n'était pas sûr de tenir jusqu'au bout et qu'il faudrait bien qu'un jour on sache ce qu'il s'était passé.

Pour percer les secrets de l'ictère[1], on se sert de nous, racontait-il d'une voix aussi hachée que le tic-tac d'une machine à écrire. L'idée est de contrôler les effets dans le sang d'un poison et de savoir comment le foie et les organes associés se nécrosent. Le fou à lier du *Revier* vérifie *in vivo* la déliquescence du corps. Avec la même curiosité, il s'intéresse aux brûlures provoquées par les mines, les obus, les lance-flammes… Car il y a urgence à soigner les brûlés afin qu'ils repartent *fissa* au front. Pour tester les remèdes, on saupoudre

1. Coloration jaune de la peau et du blanc des yeux due à un surplus de bilirubine dans le sang, couramment appelée « jaunisse ».

les cobayes de phosphore – bras, jambes, ventre –, embrase ces torches humaines et observe leur agonie. Les visages cartonnés par le feu se réparent-ils, les cheveux repoussent-ils ? Les guérisons sont rares, à quoi bon soigner lorsqu'on s'acharne à détruire ? Les morts sont ensuite placés dans une pièce où l'on jette des grenades afin de constater les effets de l'explosion.

Tout se sait puisque Baumkötter agit sans se cacher des infirmiers. Celui qui m'a soigné du typhus entre dans la pièce où j'attends, mains toujours attachées dans le dos.

En le voyant, je crois à un sursis. Au moins, il m'expliquera dans quel merdier je suis. Mais son regard est fuyant. Je comprends pourquoi lorsqu'une blouse blanche apparaît.

*

Baumkötter n'a pas l'apparence d'un bourreau, rien d'une brute épaisse. L'ogre ordinaire, voilà le danger. Petite carrure, teint pâlot presque maladif, la dégaine d'un laborantin confiné dans une pièce sans lumière. Il joue au lointain, à l'indifférent ; notre rencontre serait sans importance. Sa bouche aux babines épaisses lui donne l'allure d'un gourmand. Enfant, il a dû s'empiffrer de sucreries. En grandissant, il a préféré le goût de la mort. Sur l'air de « je me moque de tout, je suis intouchable », ce « chercheur » sonde la seringue avant de se tourner vers moi. Le regard est vide. À coup sûr, il me prend pour un bon à rien de cobaye.

— Votre voix… laisse-t-il échapper.

Un murmure… Prière d'être attentif.

— Votre voix, répète-t-il. Il fallait que ça arrive, que ça cesse. C'est votre faute.

Il tend la main droite vers l'infirmier qui, aussitôt, prend la seringue, la pose dans sa paume. L'infirmier me tient la tête, l'aiguille entre dans ma gorge. Ça pique fort.

— On entendra beaucoup moins votre grande gueule.

Baumkötter sort.

— Je ne pouvais rien faire, chuchote l'infirmier en jetant un œil sur la porte fermée.

— T'inquiète. Sais-tu au moins de quoi je suis en train de mourir ?

Foutu pour foutu, ça me plaît de faire croire que j'aurais pu être indomptable.

— Diphtérie. La seringue est remplie de bacilles de diphtérie. Tu connais les effets ?

— Dis, avant que ça devienne irrespirable...

Je continue à faire le malin, mais le croup a mauvaise réputation. L'affection s'en prend à la gorge et finit par étouffer le malade.

— Au départ, tu auras une angine... Et si on ne te soigne pas... *Kurwa*[1] ! Je t'avais prévenu...

— C'est à cause de mes chansons ?

— Ta voix porte trop... Le cœur va trinquer, et puis le système nerveux... Tu sers d'exemple... J'ai entendu Baumkötter : la diphtérie, c'est son idée. Mieux qu'une balle... On l'apprendra dans le camp. Et ça fera taire tous les autres.

— Qui m'a dénoncé ?

1. « Putain ! » (juron polonais).

— Va savoir… Ils menacent un block, tous seront punis si le fautif ne se dénonce pas, et il y en a un qui cède…

— C'est peut-être un Kapo ?

— Va savoir… répète-t-il.

— Combien de temps ?

— Ça dépend, glisse-t-il en regardant de nouveau la porte.

23

La diphtérie débute en angine banale. La suite l'est moins. De rouge, l'angine mute en blanche. Les voies respiratoires se couvrent de membranes, le nez se bouche. Expirer, inspirer devient difficile. Les bacilles colonisent le larynx, l'obstruent, la voix s'éteint, l'air ne passe plus. C'est la fin. Baumkötter, homme doué pour la mort, a fixé la mienne à une poignée de jours.

*

Pour vérifier sa prédiction, le lendemain il passe dans la pièce où je suis cloîtré. Me regarde comme une espèce inconnue, tourne autour de moi, étonné de me trouver en si bonne condition. Il me force à ouvrir la bouche, me gratte les amygdales : rien à faire, l'angine ne se montre pas. La mine contrariée, il sort. D'autres tâches l'attendent dans les salles voisines. Chez moi, la peur diminue un peu. L'air de solide Aryen que se donne Baumkötter m'impressionne moins. J'avale, je respire. L'infirmier me rend visite, contrôle mon état, prend des notes et, chose faite, me tape sur l'épaule.

— Tiens bon…

Ça le réjouit de voir que les plans du SS ont du plomb dans l'aile.

Au sixième jour, le « docteur » décide de m'empoisonner une seconde fois. Piqûre dans la gorge. Une nouvelle journée s'écoule, pas la moindre angine, ni rouge ni blanche. Le SS est désappointé. Sa bouche en cul de poule se pince d'incertitude. Pourquoi la grande gueule ne se tait pas encore ? Au moment où il sort, j'entonne « Białe róże », « Les Roses blanches », une chanson de mon pays.

Rozkwitały paki białych róż,
Les boutons de roses blanches s'ouvrent,
Wróć, Jasieńku, z tej wojenki już,
Reviens, Jeannot, reviens de cette guerre,
Wróć, ucałuj jak za dawnych lat,
Reviens, embrasse-moi comme jadis,
Dam cie za to róży najpiękniejszy kwiat.
Je te donnerai une rose, la plus belle des fleurs.
Dam cie za to róży najpiękniejszy kwiat.
Je te donnerai une rose, la plus belle des fleurs.

Baumkötter quitte la pièce, mais je mettrais ma main à couper qu'il écoute derrière la porte. Lui ou moi, qui craquera le premier ?

*

Le lendemain soir, je n'attends pas qu'il s'en aille pour brailler « Mazurek Dąbrowskiego », mon hymne national.

Jeszcze Polska nie zginęła, kiedy my żyjemy,
La Pologne n'est pas perdue,
tant que nous sommes encore vivants,
Co nam obca przemoc wzięła, szablą odbierzemy.
Ce que l'étranger nous a pris de force,
nous le reprendrons par le sabre.

Le SS revient vers moi. Son visage est si près que je sens l'odeur grasse du chocolat dont il a dû se goinfrer avant. Ses mains m'agrippent.

— Demain, je m'occupe de vous sérieusement.

La pression faiblit. Il se mord les lèvres, regrette de s'être emporté et, pour la première fois, sort en rage. Au point de laisser en plan l'infirmier qui lui non plus ne décolère pas.

— Tu vas trop loin, Kulisiewicz ! chuchote ce dernier en jetant des coups d'œil sur cette porte par laquelle entre et sort la mort.

Il m'en veut et il a raison. Si je vis toujours, c'est grâce à lui.

*

Après la première injection des bacilles de diphtérie, j'étais condamné. C'était certain à 100 %. Pourtant, l'infirmier avait glissé : « Ça dépend. » Comme s'il existait une autre hypothèse, un sursis. Il ne mentait pas. Ce minuscule espoir tient dans une seringue extirpée de sa poche le premier jour, une fois Baumkötter parti. « Un antidote. Fabrication maison. Avant la guerre, la diphtérie était ma spécialité. » Roman Brzeziński était surtout un excellent médecin qui croyait au serment d'Hippocrate. À Gdańsk, soigner des personnes recherchées par la Gestapo lui semblait évident. Il s'était fait prendre, avait été torturé, déporté. À ce jour, seul son savoir l'avait sauvé.

Mais si Baumkötter est fou, il n'est pas sot. Il finira par se poser la bonne question. Pourquoi le chanteur croasse-t-il toujours ? Est-ce que l'autre, ce foutu vrai toubib, n'y serait pas pour quelque chose ? Mon arrogance ne sert donc à rien, sauf à mettre Brzeziński en péril. Certes, le SS a son talon d'Achille – le mépris, la suffisance. Un déporté, même médecin, n'aurait jamais le courage de jouer avec sa propre vie.

Donc, je ne meurs pas pour une raison qui le dépasse.

Alors il revient avec de quoi tuer un cheval ou une belle poignée de Zébras.

— Avec ça, essaye déjà de hennir !

Troisième injection. Incubation. Troisième échec… Brzeziński m'a encore sauvé, mais, cette fois, Baumkötter le regarde de travers. Nous allons y passer tous les deux.

— La formule serait-elle *de nouveau* mal dosée ?

Brzeziński le questionne sur le ton du médecin qui sait. Une interrogation plausible, mais si offensante que le *Hauptsturmführer* en reste interdit. Ce déporté de moins que rien remet-il en cause ses compétences ?

— La diphtérie, je connais, insiste le Polak. Je peux lui faire une injection en modifiant les proportions…

— Inutile ! Laissons chanter ce bâtard… Il finira par crever !

24

*J'avais proposé au SS-*Standartenführer *Anton Kaindl, commandant du camp de Sachsenhausen, d'empoisonner Kulisiewicz avec des bacilles de diphtérie. Pour marquer les esprits, quoi de mieux que de se débarrasser ainsi d'un chanteur ? En voyant ce type pas très grand et aussi frêle qu'un déporté* lambda, *je n'avais eu aucun doute sur le succès de cette injection banale. Une piqûre, une parenthèse entre la vie et la mort, une fin classique, convenue. Mais il y avait échec. Pas le moindre signe de faiblesse. De malaise. Aucune des réactions espérées, du moins sur le plan physiologique. Fallait-il chercher du côté de la force mentale, objectivement moins appréciable qu'une gorge écarlate ou les battements du cœur ? Kulisiewicz semblait n'avoir peur de rien, son regard ne cédait pas quand j'entrais dans la pièce. Il me provoquait même, chantait à tue-tête. Après deux tentatives, la résistance du sujet restait une énigme que je refusais de partager par crainte qu'un autre ne la résolve, d'autant qu'il y avait un témoin. Brzeziński, un médecin efficace rabaissé au rang d'infirmier, me secondait, et ce crève-la-faim s'était proposé de faire une injection en osant modifier la formule que j'avais arrêtée ! Sa réaction faussement serviable ne me trompait pas. Il voulait me prouver qu'il était meilleur que moi.*

Cherchait-il à m'humilier, à se venger de sa déchéance ou à me convaincre qu'il méritait mieux que son rang ? Il arrivait que certains déportés tentent d'améliorer leur condition. Son regard me discit : déporté, dégradé, mon état n'ôte rien à mon talent. Je ne trouvais pas immoral de vouloir démontrer son excellence en se servant d'un Zébra, matière première de mes travaux – sauf que, s'il réussissait, son triomphe (et ma déroute) risquait d'arriver aux oreilles du petit Obersturmführer, *puis à celles de Kaindl. Alors les ennuis ne tarderaient pas. Je connaissais les emportements de cet officier supérieur sans état d'âme qui ne supportait pas d'être trompé – or, j'avais vanté le caractère expéditif du poison de mon invention et son coût raisonnable. Il jugerait mon échec inadmissible et humiliant pour lui puisqu'il avait été abusé. Sa réaction serait brutale.*

Je ne noircissais pas le tableau, je ne m'attendrissais pas sur mon cas. On lorgnait ma position, on enviait mes liens avec Berlin. Un carriériste soufflerait à Kaindl l'idée de s'intéresser aux résultats tangibles de mon travail. Au cours de l'instruction, on risquait d'interroger un infirmier qui n'hésiterait pas à se mettre en valeur. Étourderie, négligence, maladresse, quels que fussent les défauts dont on m'accuserait, le dossier Kulisiewicz conclurait à l'incompétence, tare inexcusable à mon niveau de responsabilité. Un autre – l'infirmier, par exemple – n'aurait pu que faire mieux. Le ridicule deviendrait-il aussi mortel qu'un poison ? Aux moments les plus noirs, en avouant à moi-même que je forçais le trait et cédais peut-être à la panique, je me voyais contraint de quitter ce poste qui me plaisait pour aller soigner la syphilis des hommes du rang.

En attendant, le jeune Obersturmführer *suivait l'affaire de près. À chaque visite, il me gratifiait d'un sourire mi-figue, mi-raisin lorsque, forcé, je lui annonçais que Kulisiewicz résistait. Le cinquième jour, l'uniforme avait glissé sur un ton odieusement paternaliste que – il n'y avait rien de personnel – il songeait à rendre compte à Kaindl car l'idée de la diphtérie, répétait-il, je l'avais soufflée à l'oreille de celui-ci. Qui m'avait cru. « Et pour les autres recherches, qu'en est-il ? », chuchoterait l'arriviste. Je n'avais nulle envie de subir l'affront d'une enquête aux résultats hasardeux dont l'accusateur aurait d'avance rédigé les conclusions. Fouiner chez moi était inacceptable. Je devrais ouvrir mes armoires, mes dossiers, me défendre. Même si je ne perdais pas, le doute s'insinuerait chez mes pairs – et cet odieux venin contaminerait même le chef du camp.*

Jusque-là, j'avais pu contenir l'ardeur de ce subalterne. Je l'assommais de données pseudo-scientifiques dans l'espoir de le convaincre des aléas de la science et de ses résultats. La modestie, ajoutais-je, était une vertu qu'un familier du succès conseillait aux ambitieux. Combien de fois avais-je dû freiner mon propre enthousiasme de savant ? Pour avoir connu l'ivresse de la victoire, j'en mesurais aussi la fragilité. Ce n'était qu'en présentant au juste moment des faits indiscutables qu'on l'emportait. Et que celui qui avait des oreilles pour entendre entende.

La leçon sembla porter. La prudence lui conseillait d'être certain de mon échec. Je gagnais du temps, les jours passaient, mais la deuxième tentative n'ayant pas plus réussi, j'étais condamné à subir les sarcasmes du même. Or il brillait par son absence. Son allure tirée à quatre épingles, ses coups de talon dans les bottes, son insolence, tout avait disparu, rien de lui ne me manquait. Mais alors que je me torturais l'esprit pour trouver une explication à la résistance de Kulisiewicz, on m'informa que l'inquisiteur avait, en fait, contracté le typhus. Il se trouvait dans un état de stupeur et d'abattement, sa fièvre ne baissait pas. On craignait même pour sa vie. Avait-il été contaminé lors d'un passage au Revier *? Si c'était le cas, il fallait prendre les mesures de désinfection nécessaires, et c'était mon rôle.*

*J'avais assuré que je m'attacherais avec le plus grand soin à tout contrôler, aussi étais-je retourné à mes occupations, l'esprit désormais concentré sur Kulisiewicz qui vivait toujours. Je le pouvais d'autant mieux que l'insupportable pot de colle s'était éteint avant le troisième essai, emporté par des maux de tête cruels, des torsions abdominales, des diarrhées, des saignements du nez et, finalement, un épuisement général... Ironie du sort, l'*Obersturmführer *avait été vaincu par le typhus comme Wilhelm Böhm, le bâtard dont il voulait défendre la mémoire.*

Il y avait là matière à réflexion. Notamment à propos de mes convictions sur l'inégalité de chacun devant la mort, Kulisiewicz en étant le meilleur exemple. Par quel sortilège ou bonne fortune résistait-il ? Lui qui m'avait agacé et inquiété m'intéressait à présent. D'une certaine façon, son opiniâtreté singulière prouvait que j'avais raison ; ce cas renforçait mon credo selon lequel il était difficile d'établir de manière indiscutable la raison pour laquelle une infection, une blessure, et même un empoisonnement de nature comparable évoluaient de façon variable.

J'avais donc de quoi répondre au Standartenführer *Anton Kaindl s'il décidait de m'interroger. Mais celui-ci avait des préoccupations plus graves que le sort d'un déporté dont la voix finirait par s'éteindre. Bientôt, son cas tomba donc dans l'oubli. Et personne ne me demanda de ses nouvelles.*

Son énigmatique résistance à la contagion de la diphtérie me décida à le rendre aux kommandos, qui avaient besoin de gens solides. L'arrogance dont il avait fait preuve m'avait fortement déplu, mais l'abattre d'une balle dans la tête aurait été du gâchis, et, pour finir, il mourrait comme n'importe quel autre prisonnier. Moi, je continuerais à disséquer la vie et la mort selon ce commandement : être curieux de tout, s'intéresser au poids, à la taille, à la forme oblongue ou plate du cerveau, etc. Et l'excitation que je ressentirais à explorer les recoins de l'anatomie ne faiblirait jamais. Aussi avais-je rangé le dossier Kulisiewicz dans mon armoire en métal contenant tant d'expériences essentielles au progrès de la connaissance. Et je m'étais remis à l'ouvrage de bon cœur.

Troisième partie

Une abeille vaut mieux que mille mouches.

Proverbe

25

1940, 1941, 1942, 1943. Qu'aurions-nous fait de ces années si Hitler n'avait pas existé ? Nowak musarde à l'entrée du baraquement, les yeux rivés sur la voûte céleste.

Il fait sec, froid, le ciel est magique. Des nuits comme celle-là, son esprit vagabonde, et je lui tiens compagnie. La litanie des jours pèse sur l'ombudsman. Ce solide est au bout du rouleau. Il faudrait lui répondre quelque chose de bon, de bien, d'encourageant pour chasser les idées vagues qui encrassent son cerveau puisque Kaindl produit chez lui les mêmes effets désastreux que Loritz. Le monde sans Hitler ? m'a-t-il demandé. Je me lance et, sans risque, je prédis que la vie aurait été plus heureuse, à moins d'être assez tordu pour penser qu'un diable aurait pu enfanter son double. Non, Nowak, Satan lui-même n'aurait pas osé. Donc, il n'y aurait pas eu Sachsenhausen – ce qui serait une autre très bonne nouvelle. Après ? Eh bien, que lui dire, n'eût été que chacun vivrait selon ce que le destin lui accorderait. Aurait-il pris goût à l'édition ? Au sourire qui point à la commissure de ses lèvres, je comprends que je touche juste. Si j'en juge aux livres censurés qu'il a publiés sur la tolérance, la liberté, tous ces sujets qui « emmerdent les Boches », je suis certain que la planète se porterait mieux. Et ça lui plaît que je peigne le portrait d'un éditeur exigeant, aux avis tranchés, apprécié des auteurs. Et puis, il n'aurait plus besoin de passer des heures assis à l'imprimerie pour discuter des primes ! Cette fois, il trouve que j'y vais fort… même si, cette nuit, il est permis de rêver.

Jacek, parlons de lui puisqu'il avance sa carcasse. Avec ou sans Hitler, lui n'aurait rien changé. Les femmes, le cabaret, il se trouverait à la même place. À quoi bon s'aventurer ailleurs quand on est le roi du sérail ? Et il cale son dos contre l'encadrement de la porte.

Il aime le jeu de Nowak, cette nuit de janvier 44 est belle… Alors, poursuivons. Même si j'invente des vies parallèles, il faut partir de celles qui sont, et comme je sais que l'ignominie du bordel SS a marqué Jacek, je parie qu'il abandonnerait en revanche le métier de souteneur – et qu'il ne cherche pas à nier, je connais la vérité ! Le spectacle, c'est assez pour se remplir de bonheur. Il me dit qu'il est d'accord. Avec lui, le monde serait donc moins malheureux. C'est le moment choisi par la Voie lactée pour expédier une étoile filante cinglant le noir. Approuve-t-elle ces nouvelles vies ? Au cas où, Jacek fait un vœu dont il ne dira rien. Il faut le garder secret afin qu'il se réalise.

— Et toi, Alex, qu'est-ce qui changerait ?

Je hausse les épaules. Aucune envie de répondre.

— Bon Dieu, tu as survécu à Baumkötter. Ça devrait te donner des ailes !

Jacek rit. Il sait le fin mot du pseudo-miracle. Nowak est plus prudent. Le *Revier* est une sacrée alerte, il me conjure de raser les murs.

— Pour ce soir, fini, les contes, réponds-je sans m'étendre. Que diriez-vous d'aller dormir un peu ?

— Ça m'étonnerait qu'on fasse d'aussi beaux songes, bougonne Jacek.

Nowak referme derrière lui la porte du block. Les ombres bougent, gémissent. Trois nous ont quittés cette semaine. L'odeur de la mort ne cesse de planer sur les châlits. Jacek a raison : il n'est pas toujours bon de rêver.

*

Je n'ai pas répondu à Jacek sur ce que j'attendrais d'une autre vie parce que je suis incapable de me défaire de celle qui est. Voilà la vérité. L'homme a engendré Baumkötter, Kaindl, et tous leurs semblables. Des créatures qui existent et me collent à la peau. Ce que je ferais – ou aurais fait – si le destin changeait restera sans réponse. Le monde imaginaire que nous inventons ne fonctionne pas avec moi. Je ne l'avouerai pas afin de ne pas écorner la magie des nuits où la cruauté de nos conditions se dissipe, mais je ne peux me détacher du réel. Je vis avec, je vis dedans. Refuser le futur, c'est ma malchance. Ne tourbillonnent que les chansons des déportés que je cherche à tout prix à retenir. Demain, ce sera pareil. J'envie ceux du block qui, se voyant déjà libres, bâtissent l'avenir. Convaincus d'être attendus comme des martyrs – et récompensés –, je les écoute pérorer qu'ils prendront la place des traîtres et referont le monde afin que les horreurs passées ne se reproduisent plus. Mais je doute que la sortie soit réussie. Quel sera le succès de ces êtres méconnaissables, pâles copies de ce qu'ils étaient ? De quoi sont-ils encore capables ? demandera-t-on. Regardez, ils se jettent sur le pain, trouvent admirable de marcher libre dans la rue, s'étonnent des bruits qui leur ont manqué, se méfient d'un sourire, regardent dans leur dos comme s'ils craignaient un coup en traître. Le déporté sera l'étranger, et je prédis que les bonnes consciences, prétextant la décence, ne lui demanderont pas ce que fut Sachsenhausen. Et quand bien même parlerait-il, ne l'accuserait-on pas d'être un menteur ?

Que voudrais-je pour moi, si Hitler n'existait pas, si les portes s'ouvraient ? m'a demandé Nowak. Être vivant, bien qu'il me semble avoir perdu de vue ce que cela signifiait. Mais si vivre, c'est imaginer autre chose que ce que je suis, je m'en sens incapable. Si, pour vivre, il faut inventer demain, je ne répondrai pas tant que je serai prisonnier. Et tout cela n'a rien d'encourageant. Retrouver Hanna m'aiderait-il à voir clair ? Dans le châlit, je tends l'oreille. J'entends la plainte des ombres faméliques. Celles de nos vies qui s'épuisent. La femme de l'escalier ne jetterait pas un regard sur l'homme affaibli et fiévreux de vingt-six ans que je suis devenu. En quatre ans (quatre ans que j'ai franchi la porte du camp), des tombereaux d'eau ont coulé sous les ponts de la Vistule à Varsovie. C'est un crève-cœur, mais je me force à l'oubli – du moins j'essaye. Sachsenhausen a aussi détruit mon passé. Et si hier et demain ne comptent pas, il reste aujourd'hui où, pour survivre, puisqu'il s'agit de ça, je n'ai que les chants d'ici.

26

Dans une société raisonnablement honorable, le camarade russe Aliocha Filipovitch aurait pu, aurait dû s'en sortir. Mais, ici, personne ne parlemente avec une balle tirée en pleine tête. Aliocha est l'un des milliers exécutés de sang-froid.

Quatre années d'étude et d'observation, de la place d'appel au châlit, en passant par la Station Z, le crématorium et les kommandos, sont assez pour conclure que peu d'espèces partagent la boulimie des fanatiques hitlériens pour la mort. C'est en cela qu'ils ressemblent aux mouches bleues. Les deux espèces cèdent à la même frénésie pour le sang et la chair fétide. Je n'en démords pas, le diptère se frictionnant les pattes sur nos cadavres décrit le mieux le genre SS. Et, chaque jour, mon opinion se renforce. Nous sommes irrévocablement ses bêtes, ses esclaves, sa charogne. Et c'est désespérant de réduire tant de vies à un seul verdict : pour les mouches bleues comme pour les SS, se goinfrer de Zébras est vital.

A minima, il faut leur faire barrage. Même ici. Même si nous ne disposons de rien. Et puisque tout et son contraire existe sur terre, je cherche depuis que je suis sorti du *Revier* la voix claire, plus décidé que jamais, le lignage qui enrage et que tout oppose à la *Calliphora vomitoria*. C'est de lui, de ses qualités, qu'il faut s'inspirer pour tenir bon. Alors, Aliocha, toi qui aimais tant les bêtes, écoute-moi. Je crois avoir trouvé.

*

Enfant, j'avais entendu qu'une abeille valait mieux que mille mouches. Mateusz, le berger tout tordu de chez moi, en parlait, et, question bestioles, il s'y connaissait. Les mouches, c'est la peste du troupeau. Elles creusent les plaies, y glissent leurs larves, infectent les chairs. L'abeille, à l'inverse, travaille du premier matin au dernier soir, offrant aux fleurs ce qui leur manque pour éclore plus nombreuses la saison suivante. Et ne pique que si on l'attaque. Seule faiblesse de l'animal, la brièveté de son existence. Mais la reine tient cinq ans – et si je compare à la durée de mon séjour à Sachsenhausen, il me reste peu de temps. Sans utiliser de mots savants, le vieux Mateusz affirmait que la force de l'insecte repose sur l'affection qu'il porte à ses semblables. Dès sa naissance, racontait le berger à Izak et moi, l'abeille nourrit les sœurs plus jeunes, répare les alvéoles de la maison commune, bat des ailes pour rafraîchir la ruche, vole à la recherche du pollen tandis que d'autres gardent le territoire. Sa vie est courte, mais l'espèce existe depuis des dizaines de millions d'années parce qu'elle est « vertueuse, patriotique ». À quoi d'autre qu'emmerder et pourrir le monde sert la mouche bleue ?

Baumkötter, spécimen exceptionnel de la putréfaction, n'a réussi qu'à me faire hurler plus fort. Et je dois ce résultat paradoxal à mon sauveur, Brzeziński, un médecin charitable qui m'a rappelé que le monde est aussi peuplé de bienveillants. En me laissant gagner par l'optimisme, j'envisage que, à la fin de tout, les justes triompheront, et les mouches bleues seront englouties dans le déluge qu'elles ont déclenché puisque Noé ne commettrait pas une seconde fois la bêtise d'embarquer la *Calliphora vomitoria*.

J'ai donc mieux qu'un doux rêve dans lequel Hitler n'aurait pas existé. Une arme : les chants de Sachsenhausen que je hurlerai tant que mes poumons le pourront. Peut-être qu'ainsi, en cherchant à me tuer avec ses bacilles de diphtérie, Baumkötter m'a infusé un surplus de vigueur.

*

Nous voici donc face à face, nos voix contre leurs vociférations, deux camps avec leurs arguments et différences. L'un pervertit l'art, n'est que gesticulations cadencées. L'autre se présente désormais sous les traits du compositeur Rosebery d'Arguto, qui me reviennent en mémoire. Je me souviens de lui dirigeant « Jüdischer Todessang ». J'entends le timbre à l'unisson de sa chorale, je ressens sa souffrance murmurée, son souffle frêle plus puissant que la tempête. Je revois la dernière répétition et l'arrestation de tous ses membres quand chaque note réduisait en miettes « Deutschland erwache ! ». Du ténor à la basse, ils s'étaient tus, l'un après l'autre, cédant la place aux cris semblables des SS. *Alle raus !* Depuis, le silence a envahi ces lieux désormais sacrés. Mais « Jüdischer Todessang » tintinnabule dans ma tête, dissipe l'air putréfié des nazis. Étouffe la nuée de cuivres et de cymbales des mouches bleues. À Sachsenhausen, rien ne s'élèvera jamais plus haut que la mélodie du « Chant de mort des juifs ».

*

Le nazi n'épargne rien. Il détruit, corrompt même les musiciens dont il se prétend fou. Avec lui, ils deviennent inaudibles. Torturer, tuer en s'accompagnant d'un air de Beethoven trahit l'essence d'une œuvre. Et c'est l'un des désastres commis par les mouches bleues. À cause d'elles, la musique déserte le cœur. Ce qui me donne le courage de chanter. Pour écrabouiller le poison en allant chercher chaque nuit, au fond de la gorge, les notes, les accords, les mots de « La Berceuse du crématoire » ou de « Jüdischer Todessang », nichés dans cette mémoire qui ne lâchera rien jusqu'à ce que tout refleurisse au premier jour hors d'ici. Voilà le seul rêve que j'adresse au futur. Une heure de liberté me suffira pour récompenser cet acharnement pas toujours compris par mes frères déportés.

Chanter lorsqu'on crève de faim ? S'égosiller le ventre vide ? Pour rester en vie, vaut mieux serrer les dents. Fermer sa gueule. Il y a aussi ceux qui ont peur d'être pris dans la rafle qui me tombera dessus. *Alle raus !* Tous dehors !

Dans le groupe de ce soir se trouve peut-être celui qui m'a dénoncé. Je ne lâcherai rien. Chacune de mes notes, chacun de mes mots, de mes accords, la moindre des phrases qu'on me confie pour enrichir notre épopée s'élèvera contre la barbarie du pseudo-peintre qui a saccagé tous les arts[1].

La musique pour combattre, cette histoire me va.

*

The show must go on. Le spectacle doit continuer, aimait répéter Max Winkler, parce que c'était chic de s'exprimer en anglais, la langue des artistes de stature internationale… Si la pluie dégoulinait sous le chapiteau, si le froid décourageait le public, il se mettait sur son trente et un et déclamait : « Prends ta guitare, Alex, et montons sur la scène, *the show must go on…* » L'adversité ne gagnait jamais. Ici aussi, le spectacle se poursuit. La diphtérie a renoncé à me faire la peau. Ma voix ne faiblit pas. Je suis un clown zébré. Mais il me manque l'accessoire essentiel, un instrument de musique et, comme pour me donner du courage ou prouver que je dois m'entêter, une guitare est revenue d'outre-tombe.

— Comment as-tu fait ? interroge un méfiant, inquiet de tout, de la musique comme du reste.

Je raconte une histoire. Elle est sûrement vraie, même si je l'enrobe de mystère afin de la rendre plus attrayante. C'est la preuve que la guitare et moi sommes inséparables. Notre relation est si intime, si inexplicable que, parfois, il me semble qu'elle joue seule. Et cet accord si harmonieux ne me lâche pas depuis qu'un vieux juif me l'a offerte. « Là où tu vas, tu n'en auras plus besoin », lui avait dit un garde. Le regard

1. Hitler avait peint quelques mauvaises toiles dans sa jeunesse.

du condamné s'était arrêté sur moi – et je ne sais plus trop pourquoi je me trouvais près de lui. Peut-être que j'entassais les corps au crématoire. « Prends-la, avait-il déclaré, elle est à toi. » Le récit fait son effet. Avant de gratter un premier accord, on me demande parfois si c'est vrai. Je réponds : oui, sûrement. Quelle importance[1] ? La guitare qui a échappé aux flammes appartient à la légende qui nous tient en vie – je crois même que c'est elle, le clou du spectacle.

— Tu commences par quoi, Alex ?

Je plaque les doigts valides de ma main gauche sur les cordes. Avant de débuter, je regarde l'héritage d'un autre homme, cuivré par le chagrin. Et caresse le bois. C'est mon oxygène, celui dont voulait me priver Baumkötter. Elle et moi sommes prêts.

— « Ma porte ». C'est le titre que j'ai trouvé.

Je pince la corde. *Mi* grave… La musique s'élève. Rosebery, Piotr, Aliocha, Aaron, le comptable à lunettes, le Tzigane du train, le vieil homme au pardessus, tous sont de retour, vivants. Et je chante pour eux. Depuis quatre ans, pas un jour, je ne les ai oubliés.

Et ce sera ainsi. Au moins jusqu'à demain.

1. Le dépôt des objets volés à l'arrivée des déportés est une autre façon d'expliquer l'origine de cette guitare. D'une façon ou d'une autre, elle est comme tombée du ciel…

27

Arbeit macht frei
« Le travail rend libre »

C'est écrit sur la grille d'entrée de Sachsenhausen. Écrit aussi, raconte-t-on, à Auschwitz, Dachau, Gross-Rosen. Même sur le mur des prisons gestapistes… C'est une idée de Theodor Eicke, chef des SS-*Totenkopfverbände*, les « Têtes de mort » chargées de faire respecter l'ordre dans les camps. Obéissance aveugle et violence, voilà ce que ce général SS réclame à ses troupes. Des instructions aussi brutales que ce mal dégrossi, simples comme bonjour, accessibles aux officiers et aux hommes de base qu'il tutoie virilement parce que eux tous forment un corps relié à une seule tête, la sienne, les autres ne servant à rien. Eicke exige a) d'instaurer la terreur et b) de supprimer ceux qui n'appartiennent pas à l'idolâtrie aryenne. Pas de pourquoi, de débats, de discussions fumeuses, mais un mode d'emploi simple : juifs, communistes, clochards, crânes d'œuf, Tziganes, homosexuels, ouste ! Ses aboiements plaisent aux Têtes de mort, subjugués par Papa Eicke, un surnom qui soude une famille dont les membres dévoués s'appellent *sans pitié*, *haine*, *cruauté*, *terreur*. Theodor Eicke a des idées courtes et la main lourde. Dans le règlement, il écrit que quiconque refuse d'obéir ou distille sa propre propagande doit être pendu ou fusillé – selon l'humeur du chef local.

Chanter à ma façon entre dans son inventaire.

Berlin apprécie les méthodes du SS. Avec lui, *Germania* sera intégralement allemande *et* nationale-socialiste *et* hitlérienne. Pour le comprendre, inutile de se taper des études de sciences, comme l'a fait Tobiasz, mon voisin de châlit. Mais le dessein des nazis est plus vicieux encore. Le Reich a besoin de bras et de jambes qu'il use jusqu'à la corde avant de les effacer. Le contrat est limpide : acharne-toi au travail, ne songe pas à te révolter, et peut-être que tu échapperas à la Station Z. À la schlague du Kapo. Au Traitement 25. Au bunker de la geôle. Qui sait, à la potence… La manipulation est vicieuse. « Le travail rend libre » signifie : en échange d'un jour de sueur, je t'offre un jour de vie en sus. À toi de ne pas mourir d'épuisement ou de maladie comme un sale *Muselmann*. L'inscription *Arbeit macht frei* claironne que la liberté se trouve derrière la porte, pas à *l'extérieur*, mais à l'*intérieur* de la prison. Et moi, je pense à l'histoire du fou passant le nez à travers les barreaux en fer de l'asile afin de demander au passant si ce n'est pas trop dur d'être enfermé à l'air libre.

*

La porte du KZ[1], je la franchis chaque soir. Accompagné.

1. Abréviation de *Konzentrationslager*, « camp de concentration ».

Des deux mille déportés du *Kraftfahrtechnische Versuchsabteilung* et *Werkzeugabteilung*, un immense atelier de construction de chars, de véhicules de combat et de camions.

Des mille sept cents du kommando *Deutsche Ausrüstungswerke* où se fabriquent des armes.

Des huit cents des *Bekleidungswerke* et de la *Schuhfabrik* chargés de trier les vêtements, les chaussures, les bijoux, l'argent des exterminés des chambres à gaz et des crématoires de Sachsenhausen et d'ailleurs.

Des deux mille du kommando Speer où se récupèrent l'étain, le cuivre, le plomb, la ferraille.

Des trois mille cinq cents de la briqueterie Klinker.

Des Tziganes et des plus faibles du *Schwarzkommando* dont la peau est noircie à force de dépiauter le charbon des batteries et qui crachent leur sang et meurent à petit feu.

Des mille cinq cents et plus du kommando *Waffenamt Wald* et *Kraftfahrzeugdepot Wald* chargés de fabriquer des armes et de réparer les véhicules détruits par d'autres armes.

Des cinq centaines de l'arsenal du *Hauptzeugamt Wald.*

Etc.

*

En passant la porte ce jour-là, les yeux mi-clos, la liberté reste derrière moi, et je pense à Hanna pour ne pas voir que nous sommes si nombreux. *Au manège du Rynek, nous croquions à deux dans un* chruściki *sucré et doré comme le soleil. Au chamboule-tout du grand-père*

Dabrowski, elle s'agrippait à mon bras et m'offrait un sourire plein de promesses. Tout s'éteint comme les feux de la Sobótka à la Saint-Jean lorsque le SS me fait sortir du rang.

Il me reproche d'avoir baissé la tête devant *Arbeit macht frei*. Et, peut-être, de ne pas marcher au pas. Je ne comprends pas bien l'allemand, mais j'entends *Strafe !*, « Punition ! ». Un mot que je connais par cœur. C'est l'heure du divertissement. Eicke blanchit volontiers ses hommes s'ils commettent un meurtre, à condition qu'ils ne montrent aucune indulgence envers les déportés. Mieux, plus la Tête de mort est cruelle, plus on lui pardonne. Celui qui m'attrape décide de se montrer bon enfant. En échange d'une « danse d'Indiens », il passe l'éponge. Je ne suis d'ailleurs pas le seul à devoir divertir Tête de con. Deux vieillards maigrelets se sont écartés de la colonne au moment où le SS s'est jeté sur moi pour m'extraire de la file. Eux aussi ont marqué le pas. À nous trois, leur « spectacle » sera plus consistant. Après concertation, ils ont donc choisi la « danse d'Indiens ». Un peu d'exercice pour dérouiller les muscles après douze heures de kommando !

La règle est simple. Au coup de sifflet, et en suivant leurs indications, il faut enchaîner des mouvements accélérés : assis, couché, jambes pliées, jambes tendues, tour complet en gardant l'équilibre, garde-à-vous, assis, couché, en tailleur, dos courbé, yeux au ciel, cou tendu, mains levées, couché, debout, assis, tour complet… Et répéter le mouvement jusqu'à ce que le spectacle les lasse. Mes voisins s'effondrent assez vite. L'un vomit, le corps en boule. Le second gît, bras en croix. Moi, je tiens. Trop longtemps pour ne pas agacer. Les ordres fusent, le sifflet n'arrête plus. Un tour, deux tours, trois tours… La figure se répète, je vais faire la toupie jusqu'à manger la poussière. Pour s'en tirer, il suffit de s'effondrer, les deux se foutront de moi, me traiteront de merde. Un coup de botte dans le ventre et, avec un peu de chance, on en restera là. Mais je refuse d'être vaincu. À quoi bon provoquer ? Parce que, depuis le premier tour, je m'accroche au souvenir d'une danseuse du cirque de Max Winkler. Dans son numéro magique, elle virevoltait sur la pointe des ballerines, se mesurait à l'orchestre, tournait, tournait, et le public comptait à voix haute, un, deux, dix tours, et de combien encore serait-elle capable ? Peu à peu la lumière faiblissait, peu à peu l'orchestre se taisait, le cirque était vaincu par Natalia qui mettait fin à son exploit quand Monsieur Loyal entrait dans la poursuite, rejoignait le centre de la piste et lui baisait la main.

« Je fixe un objet éloigné. Parfois, c'est quelqu'un. Et, à chaque tour que fait ma tête, j'y reviens, m'avait-elle expliqué le lendemain matin alors que nous partagions le même lit. Hier, c'était toi que je ne quittais pas des yeux. C'est ainsi que je garde l'équilibre. »

Moi, je fixe la porte. Derrière se trouve la liberté. Et la vie que je dois rejoindre puisqu'une étoile filante m'a promis que je sortirais d'ici vivant, au moins pour une heure. Alors je reste debout, face au portail de fer, le défie jusqu'à ce qu'il s'ouvre. Je ne sens plus la douleur. Le tournis m'enivre. Je suis certain de ne pas céder le premier. À chaque tour surgit une figure aimante. Elle sourit, m'encourage en silence, cède la place à la suivante qui me donne davantage de force. Au millième tour, promettent-elles, je m'évaderai.

L'associé du con au sifflet se bidonne. Je vais tomber. Mais il sera déçu. Plus il y a de tours, plus je croise de visages, plus je deviens irrésistible. Je n'ai plus faim, la fatigue s'envole...

Je suis porté par les déportés qui continuent à rentrer des kommandos et m'encouragent en tapant dans leurs mains lorsqu'ils passent devant moi. Certains même s'arrêtent...

Et soudain, tout vole en éclats.

*

Le SS au sifflet trouve que son jeu n'est plus drôle, que ça sent le bordel, que Papa Eicke n'aimerait pas. Il a vraiment l'air d'un abruti avec sa danse qui ne marche pas. Du bout des lèvres il corne la fin de la récré. La Tête de mort me renifle un moment, cherchant un reproche à faire. Elle doit passer en revue le règlement. J'ai obéi, pas résisté, pas fait de propagande, pas demandé de soutien aux déportés. La danse était son idée. Papa Eicke aurait dit quelque chose s'il n'était pas mort canardé dans son avion par l'Armée rouge. Depuis, son fils d'adoption se sent orphelin, ça sonne creux dans sa tête. À court d'idées, il lance un coup d'œil à son voisin qui n'a pas mieux à proposer. À regret, les jumeaux de la race aryenne me laissent partir.

*

De mon petit succès Jacek fait des tonnes. Et raconte que je me suis battu comme un caïd. Nowak conseille, comme toujours et plus sagement, de me faire oublier. D'un autre côté, bougonne-t-il, une histoire comme ça mériterait un couplet, et j'écoute parfois ses conseils.

— « Ma porte ». C'est ma nouvelle chanson.

En ce soir de décembre 44 au block des Polaks, nous arrivons au bout de la vie des abeilles, même de celle de la reine. Et la porte de Sachsenhausen est toujours fermée. Une mélodie serbe de Zsigmond Lajos Kertész accompagne mon texte. Ma guitare est prête. Après le *mi* grave, je pince le *sol*, et commence ainsi :

Ma porte… Oh, ma porte…
Fermée, fermée… Parfaitement fermée à double tour…
Oh, ma porte, ma porte…
Pourrie, pouilleuse, crasseuse comme une truie…
Oh, ma jolie petite porte…
Tu engloutis tout le monde,
Tu ne laisses personne sortir…
Oh, ma méchante porte…
Tu finiras en mille morceaux…
Je te la garantis, saleté de merde !
Ma porte… Oh ma porte…

L'image de la porte nous hante tous. Je la vois brûler. N'attends que ce jour. Et puis 1945 débute et la porte s'ouvre. Pas comme je l'espérais.

28

Ce soir, les murs et la terre se réveillent. Et pas parce que nous chantons.

La mort surgit du ciel. Elle tombe en pluie, depuis les bombardiers de ceux dont nous attendons le salut. Le 15 mars 1945, après le passage de six cents forteresses volantes déversant plus de mille tonnes de bombes explosives et cent cinquante tonnes de bombes incendiaires, les usines Auer d'Orianenbourg-Sachsenhausen sont totalement détruites. La moitié de nos frères déportés, soit mille hommes, repose sous les décombres. Le 10 avril, Klinker et les installations dissimulées dans la forêt voisine du camp y passent aussi. Notre sang coule, des centaines d'entre nous disparaissent. Et il faut ajouter à ces chiffres effarants les dommages commis par les bombes tombées par malchance dans le camp – des dizaines de morts. Le 18 avril 1945 vient le tour de Heinkel. La plus grande fabrique de matériels de guerre de la région subit le feu des aviateurs anglais et américains. Trois cents, ou peut-être cinq cents, déportés succombent. Un chiffrage qui devient imprécis. Trop de carnage.

Les mouches bleues ne semblent pas désespérer. Dans un certain sens, elles se régalent. Le sang, la mort sont leur raison de vivre. Jamais elles n'ont été aussi actives, acharnées à fabriquer des cadavres. Au cours d'un bombardement, un déporté yougoslave profite du chaos pour dérober un morceau de pain aux cuisines. Nous crevons de faim, quand d'autres brûlent dans les flammes des explosifs alliés. Eh bien, le règlement Papa Eicke s'applique. On pend le voleur sur la place d'appel, au milieu des décombres, devant la cohorte des survivants serrés entre les trous creusés par les bombes.

*

Le 1er février, le fidèle, le dévoué Anton Kaindl, chef du camp de Sachsenhausen, avait dû claquer des talons et se grandir un peu en lisant l'ordre reçu du *Reichsführer* Heinrich Himmler : *extermination des déportés du KZ et des camps annexes.*

Plus concis, impossible. Neuf mots mortels se propageant aussi vite que le feu ayant brûlé peu après le capital et les intérêts d'Albert Speer.

*

Jacek disait en plaisantant qu'il aurait préféré mourir un jour de printemps plutôt qu'en plein carême. Mourir après Pâques, après avoir avalé un beau gigot en belle compagnie, ça lui allait bien. Mais s'il voulait tenir encore quelques jours avec ces bombes qui tombaient, je lui conseillais de s'adresser à Dieu en Le remerciant d'avance de réaliser un miracle pour remercier l'enfant de chœur qui n'avait pas ménagé les coups de sonnette à l'église. Jacek bougonnait qu'on ne plaisantait pas sur un tel sujet au moment où saint Pierre décidait de l'enfer ou du paradis pour chacun de nous. « Ce n'est pas parce que tu es ombudsman que tu auras un passe-droit. On a tous fait des conneries, dans la vie... », grognait-il en s'enroulant dans un bout de toile crasseux pour se protéger du froid. En mars, les nuits étaient glaciales, il neigeait fort. Allait-on nous faire sortir du block et nous descendre devant ou sur la place d'appel ? Mourir après Pâques et la résurrection du Christ aurait eu plus de panache.

On était entassés à quatre cents, deux par châlit, la meilleure façon de se transmettre les saloperies qui infectaient nos corps – et pratique pour éliminer les faibles. La belle vie d'éditeur que m'avait inventée Alex, il fallait l'oublier. À moins de dénicher une rotative dans l'éternité... L'attaque aérienne des Alliés désorganisait le camp. Même les kommandos partaient à vau-l'eau, et ces bouches qui ne servaient plus à l'effort de guerre, il n'y avait aucune raison de les nourrir. Un bruit tenace circulait. En bon écorcheur, Himmler avait ordonné de faire disparaître les preuves de ses crimes – et il s'agissait de nous. De nous tous. On avait du mal à y croire, mais, pour Kaindl et consorts, quelques dizaines de milliers de morts en plus n'étaient qu'une question logistique. Les plus audacieux parlaient d'échapper à la souricière en partant à l'assaut des miradors, des barbelés, des mitraillettes... Un baroud d'honneur ! Une mort dans la dignité, comme sur les barricades révolutionnaires ! D'autres spéculaient sur la progression des Américains ou des Russes qui, à l'ouest, à l'est, prenaient en tenaille les armées de Hitler.

Eux soutenaient qu'il fallait tenir bon. Combien de temps ? L'incertitude rongeait. Nous étions impuissants, désespérés, gagnés par la fatalité, et j'aurais voulu croire aussi solidement que Jacek à l'au-delà où, disait-il, une fois sur place, on se chargerait de Loritz, Kaindl et compagnie, même si Jésus avait recommandé de tendre l'autre joue à son ennemi.

Parce que c'était toujours le rôle de l'ombudsman, je m'efforçais de me montrer optimiste. La cohésion du block reposait sur le moral, mais je voyais ceux qui voulaient régler des comptes avant que ne vienne le dernier quart d'heure. La rancœur, les humiliations, les détestations étouffées depuis des années par la promiscuité, la peur, la crasse se libéraient, se nourrissaient du sang et de la folie qui désormais arrivaient aussi du ciel. La loi du fort ressurgissait. Pour un morceau de pain en plus, et il se faisait rare, il y avait des regards en coin, des coups de gueule. Au premier rien, les bagarres éclataient. Les ruines du régime aryen fumaient, peut-être allions-nous tous y passer, et la part sauvage de l'homme qui nous avait fait tant de mal nous contaminait. Avoir souffert de la haine la plus féroce ne nous avait-il servi à rien ?

Ces comportements mettaient Alex en rage, mais tout chez lui était devenu plus sombre. En cherchant à quand remontait ce changement, je m'étais arrêté à la nuit où nous rêvions d'un monde sans Hitler. Lui n'avait pas voulu dire ce qu'il aurait fait si la Bête n'avait pas existé. Je l'avais questionné cent fois jusqu'à ce qu'il accepte de marmonner que, une fois dehors, il aurait bien le temps de penser à une autre vie – encore plus au futur. Seul comptait ce qu'il se passait à Sachsenhausen – maintenant, chaque jour. En mars 45, serrés dans ce block, il m'avait livré un autre morceau de sa vérité. Bien sûr, il espérait que Jacek ait adressé le vœu qu'on s'en sorte à notre étoile filante, mais sa propre vie était moins importante que les chansons dont il se sentait le dépositaire. Et quelle que fût l'issue, il était temps d'en finir parce que toutes ces notes et mots entassés depuis le premier jour, eh bien, à force, sa mémoire était pleine à craquer de celle des autres… « Et en oublier une, en perdre une, ce serait comme l'abandonner au néant… Tant que j'aurai ça en tête, le reste ne comptera plus. » J'avais compris qu'il pensait « au reste » comme à un deuil inconsolable.

Au cours de ces nuits éclairées par les flammes consumant Sachsenhausen, alors que se mêlait dans le ciel le rugissement des avions au tonnerre des canons, lui prenait sa guitare et jouait les mélodies une à une pour n'en oublier aucune. Moi, je n'avais pas tant d'ambition.

Que nous en réchappions ou pas, la laideur de ces années nous collerait à la peau. Elle se montrait désormais sans pudeur, et à moins que tous les témoins de sa malédiction ne disparaissent dans le hurlement des bombes tombant en chapelet, elle s'accrocherait aux hommes puisqu'elle avait pris goût à leur chair. Et si, moi, je regardais l'avenir, ce n'était pas avec candeur. Le mal originel, ineffaçable du nazisme marquerait au fer rouge le futur. L'inconcevable s'était produit. Des hommes avaient rouvert la voie à la peste qui prenait tant de plaisir à les détruire ; je ne croyais pas comme Alex que l'espèce nazie était unique, d'autres proliféreraient bientôt. Les mouches bleues, comme il les appelait, étaient comme la mort. Increvables.

*

Nous n'ignorons pas ce qui se prépare parce que les SS parlent à haute voix de la décision de tous nous supprimer. Que craindre des inférieurs ? En tendant l'oreille, notamment au *Revier*, on apprend que Heinrich Müller, chef de la Gestapo, suggère de faire disparaître le camp. Pas de traces, pas de crimes. Ce type-là habite irrémédiablement dans un autre monde. Alors, bombardement d'artillerie ou d'aviation ? Un gazage généralisé par voie aérienne ? Kaindl, l'organisé à qui rien ne résiste, hésite. La destruction du camp par explosif alerterait même les durs d'oreille de la population voisine. Le gazage ne serait pas sans risque pour les mouches bleues qui avalent, hélas, le même air que les Zébras. Kaindl tranche et retient la solution chirurgicale. Nous tuer un par un, méthodiquement – un homme, une balle.

Sur le ton de la confidence qui sied aux initiés, il informe son fidèle bras droit, August Höhn. Les besognes sordides, Höhn connaît. Il les adore. Éliminer des prisonniers russes à la chaîne, en envoyer d'autres au gazage, c'est son pain quotidien. Aussi, en saluant Kaindl avant de sortir, il n'a sans doute pas pu retenir un sourire de connivence. Cette fois, on y va pour de bon. Höhn et Kaindl sont prêts. Ils se forment depuis tant d'années.

Ils commencent par le plus facile : les malades et les inaptes au travail. *Muselmann* ? Fini, terminé. La tâche s'inspire des méthodes du SS Otto Moll, surnommé *Malakh Hamoves*, « l'Ange de la mort », en yiddish, à Auschwitz. Lui et son unité d'experts en extermination sont réputés comme les meilleurs du Reich. Au rythme des exécutions parfaitement organisées, la « matière première » ne tarde pas à s'épuiser. Il devient urgent de s'attaquer à tous les autres, nous, les bêtes d'abattoir coincées dans le couloir de la mort. Comme un retour aux sources, le souvenir du train qui nous emmenait ici remonte. Du wagon des 102 il ne reste que quelques-uns… Tout ce chemin pour rien, murmurent les survivants.

Une armée de bottes SS passe devant les blocks, patrouille, ratisse. Les ordres sont criés plus fort que jamais. Les fusils sont prêts à canarder. Autant de signes annonçant notre fin. Ils viendront la nuit, nous feront sortir. En ligne… À quoi bon se battre ?

Mais la nature humaine est désespérément optimiste. Chaque minute, c'est un mètre de plus franchi par les Russes. Chaque bombe qui tombe une blessure rongeant la Bête, même si elle se venge en défouraillant, en tirant à tout-va à Sachsenhausen et dans les kommandos extérieurs. Le sol des usines se rougit de notre sang. Ils nous tuent par centaines, chaque jour, chaque nuit, et qu'importe le tonnerre des fusillades. Plus besoin de mise en scène, de tambours, de cymbales, de clairons, ils éliminent au rythme des ordres qui ne cessent jamais et du bruit sec des armes qui se rechargent.

Nous autres, on rase les murs, épie la réaction des Kapos. Un jour de plus, encore ; la bougie brûle toujours. On attend son tour, on scrute le ciel chargé d'aviateurs qui envoient soit la mort, soit le salut, s'il n'est pas déjà trop tard.

Kaindl a débuté son œuvre en février, la poursuit en mars. Un chiffre circule, cinq mille cadavres ont déjà été envoyés au crématorium. Plus rien ne nous surprend. Czarny doit être fou de joie et sacrément frustré. En bas, ça ronfle comme jamais. Le peu de graisse des corps jetés en vrac dans le four commence par fondre. Les chairs se mêlent, se liquéfient, les os deviennent cendres, les âmes filent au ciel en frôlant les avions alliés qu'elles interrogent au passage : quand tout cela cessera-t-il ?

Mais il y a trop de bruit pour se faire entendre.

29

Fin janvier, un Français déporté à Buchenwald était arrivé à Sachsenhausen. Cet ingénieur arrêté en 43 pour fait de résistance avait été déplacé afin de travailler au kommando *Waffenamt Wald* où se fabriquait le *Panzerfaust* (une arme antichar) depuis que les usines de Buchenwald avaient été détruites par l'aviation alliée. Le nouveau venu répétait que la victoire était proche et que nous allions nous en sortir. Pour y croire, cet esprit, pourtant scientifique, se fondait sur une légende qui courait parmi les prisonniers de Buchenwald. Jadis, racontait-il, le poète Goethe avait choisi l'emplacement du camp pour se reposer sous un arbre dont la mort annoncerait l'effondrement du Troisième Reich. Espoir pour les uns, histoire à dormir debout pour d'autres, il n'en demeurait pas moins que, lors du bombardement du 24 août 1944, *L'Arbre de Goethe*[1] avait brûlé. Le même jour, Paris se libérait et, pour un Français cocardier – et optimiste –, Hitler était battu.

Pourtant, Berlin tenait bon.

1. Titre du récit du Compagnon de la Libération Pierre Julitte, paru en 1965 aux Presses de la Cité et racontant l'histoire de l'arbre de Goethe et, plus encore, celle du camp de Buchenwald.

*

À Sachsenhausen, nous sommes encore à peu près quarante mille. Inutiles et encombrants depuis que les usines des kommandos extérieurs tournent sur trois pattes, parfois moins. À raison de deux mille exécutions par mois, nous tuer tous selon la méthode Otto Moll prendrait trop de temps. Les mouches bleues tournent autour du problème, battent des ailes, impatientes. Le carnage artisanal ne peut s'éterniser. L'idée d'une action plus collective progresse. Le SS Anton Kaindl étudie des mesures. Il faut attendre le 21 avril pour découvrir son nouveau piège.

*

Le 21 avril 1945, l'évacuation du camp est décidée. Trente mille hommes environ – les autres, grabataires, morts-vivants, étant incapables de se déplacer – se mettent en branle par vagues de quatre cents. La porte s'ouvre. Personne ne va en kommando, nous quittons Sachsenhausen. C'est une sensation si forte que je profite de cet instant, même si nous sommes encadrés comme jamais, cernés de chiens, armes pointées sur nos dos.

Des dizaines de colonnes s'étirent sur la route conduisant à Wittstock. Les premiers kilomètres, nous redécouvrons le monde. Des gens habillés chaudement portant des chaussures, des maisons avec des fleurs au balcon, des enfants qui se cachent dans les jupons de leurs mères en voyant notre colonne. On fait rentrer la marmaille, on ferme les volets. Les cheminées laissent s'échapper l'odeur de la soupe au lard de ma chanson « Repeta ». Le bon repas que l'on doit nous servir le jour de la liberté n'est plus loin… Et puis, un homme en civil s'approche et crache au visage de l'un des nôtres. « Sale youpin ! » Mais la plupart baissent les yeux. Laissez-moi croire que ceux-là ont honte.

Je me fous de la haine flottant dans l'air, le mien n'est déjà plus celui des mouches bleues. Nous tous ouvrons les yeux, marchons, respirons. Aimantés par l'espoir. Chaque pas est notre arbre de Goethe. Nowak est là, je suis confiant, mes chansons vont survivre… Quand l'homme devant moi s'assoit sur le bas-côté, épuisé, affamé, un SS s'approche, le vise. Lui seul décide de la pause. La samba des déments reprend, la marche de la mort repart. August Höhn n'est pas le dernier à s'y mettre. Lui qui ne prend même pas le temps de rentrer le Walther P38 dans son fourreau. Il le garde à la main pour le tir aux pigeons[1]. Pan. Comment savoir qu'un détachement de la 47e armée soviétique et des soldats polonais sont entrés à Sachsenhausen le 22 avril, libérant les survivants restés sur place ?

Nous, les trente mille – moins ceux qui succombent –, avançons. Vers quoi ? Le Français optimiste de Buchenwald n'est pas de ceux qui le sauront. Il meurt sur la route ; une balle dans la tête, entre Löwenberg et Lindow, à trente kilomètres du camp. Il s'appelait Étienne, je n'ai su que son prénom.

*

1. August Höhn a participé à l'exécution de 2 000 prisonniers pendant la marche de la mort.

L'ardeur du départ s'effiloche. Je ne sens plus mes bras, mes jambes. Le sang circule mal, il fait toujours froid, la pluie ne cesse de tomber. Ma guitare, seule chose que j'ai emportée, pèse lourd. Nowak me conseille de l'abandonner. Cette fois, nous ne sommes pas d'accord.

Parfois, la pétarade des fusilleurs SS se rapproche. Les gars qui ne restent pas debout y passent aussi sec. Le matin du 24 avril, nous sommes entre Neuruppin et Wittstock. Sachsenhausen se trouve à cent kilomètres. Je découvre des fossés remplis de corps, ceux des colonnes précédentes. Nous n'avons rien à manger. Nowak se plaint de ses pieds en sang. J'emmaillote les miens dans la chemise d'un mort. Nous longeons des forêts. Dans les sous-bois, beaucoup d'autres corps, à moitié calcinés. Lors d'une halte autorisée, je m'approche d'un feu laissé par ceux qui avancent devant afin de me réchauffer. En voyant les dépouilles calcinées, Nowak refuse, même si c'est juste pour prendre un peu de chaleur. Je lui dis qu'il commet une erreur. Mais au quatrième ou au septième jour – je ne sais plus –, les idées deviennent moins claires, se mélangent confusément dans une tête qui ne demande plus qu'aux jambes de tenir bon. Y avait-il vraiment des cadavres dévorés à moitié, comme le bredouille Nowak ? Est-ce pour cela qu'il n'a pas voulu approcher ? En bordure de la forêt suivante, on découvre un cheval mort, le ventre gonflé de putréfaction.

— T'en veux ?

Un déporté me tend un bout de bidoche gangrénée. Nowak saisit ma main.

— Mange pas, tu vas crever…

Il pioche du talon la neige glacée qui durcit le sol, déniche un semblant d'herbe.

— Ça fait du bien aux intestins. Avale…

L'ombudsman grimace un sourire. Il veille sur moi.

*

Les SS ne se gênent pas pour parler de l'endroit où nous allons. Nowak traduit. Arrivés à la Baltique, on embarquera sur des péniches et les mouches bleues rentreront à la maison. Pour elles, ce sera terminé. Nowak a aussi entendu que, une fois sur l'eau, on nous noiera. Il en est si convaincu que, le lendemain, il se pose sur le bord de la route, au bout du rouleau.

— C'est fini, murmure-t-il. Crois-moi, c'est fini… Toi et tes chansons, vous avez fait tout ce chemin pour que dalle.

J'entends le bruit des bottes qui approche. Lui aussi. Il ne se retourne pas, ne me quitte pas des yeux.

— Je ferai éditeur au paradis de Jacek.

Le coup de feu ne l'a pas pris par surprise.

*

Nowak a rejoint les autres ombres qui m'accompagnent. Les péniches, lui dis-je au fond de moi, peut-être qu'il n'y en aura pas. Il aurait dû attendre avant de renoncer… Sauf qu'un ombudsman ne se trompe jamais, répond-il. Et si je ne fais pas la conversation avec lui, Piotr ou Jacek me rendent visite, et si je suis seul, je chante tout bas parce que je n'ai plus beaucoup de forces. Mais dans ma tête, ça hurle, danse, les chansons de Sachsenhausen font leur revue. « Sous Berlin coule une eau souillée par le sang », « Mister C. », « Muselmann », « Repeta », « Czarny Böhm », « La Berceuse du crématoire », « Il fait froid », « Seconde Aide », « Jüdischer Todessang », « Germania », « Ma porte », « Grande Victoire ! » et tant et tant que je retrouverai demain, quand je serai libre, à condition de ne pas céder à l'attraction.

Pas s'asseoir, pas dormir si je n'y suis pas autorisé. Les jours passent, deux ou trois. Il y a des nuits très froides. On fait de plus en plus de haltes. La dernière bête du wagon des 102, c'est moi. Brouter l'herbe, s'accrocher au troupeau et tenir. Aliocha grogne que ce n'est pas humain. La colonne fond, la Baltique se rapproche. Nowak a toujours eu raison, la noyade, c'est donc vrai. Alors j'oublie ma promesse, je renonce à mon tour. Et l'avenir s'arrête dans un trou de verdure.

Pourtant, le coup de feu ne vient pas. Il me semble qu'il y a moins de bottes, moins de chiens aussi, mais je ne vois plus bien. La nuit arrive. Mon ventre se vide, l'herbe, ce n'est pas si bon que ça pour les intestins. Au moins, je ne sens ni douleur ni fatigue. Une dernière fois, je cherche parmi mes étoiles celle de Jacek. C'était quoi ton vœu, mon beau salaud ? Mon regard se brouille. Tout s'apaise. La maman sur le banc me chante sa comptine. Oui, tout s'achève enfin…

Mon gentil fiston, mon cher amour,
Oh, reviens-moi donc,
Oh, reviens-moi donc !

Et je ferme les yeux pour mourir.

30

Grande Victoire !

Aujourd'hui est venue votre grande victoire !
Commencez à danser sur vos genoux !
Aujourd'hui, c'est le jour de votre grande victoire de merde !
Aujourd'hui, à Berlin, grandes réjouissances…
Adolf se présente, humilié et tremblant…
Mains en l'air ! Mets bien tes mains en l'air !
Nous ne connaissons pas le sens du mot « Capitulation »…

C'était la dernière chanson de Sachsenhausen, écrite peu avant que les portes ne s'ouvrent sur la marche de la mort. Nous savions alors que les soldats russes étaient près de Berlin. Il suffisait d'un rien, une poussée de quelques kilomètres, et nous serions libérés. Malgré Otto Moll, August Höhn, Anton Kaindl et toutes leurs mouches bleues. Pour tenir, oublier les coups de feu et les obus, Jacek s'était chargé de monter une « revue internationale » réunissant des prisonniers allemands, français, tchèques. Et polonais. Je m'étais joint à un Italien, Giulio Amadeo Bellugi, propriétaire d'un accordéon de fortune fait de tuyaux en bambou et de morceaux de cuir récupérés à l'atelier du kommando des semelles, un assemblage à l'allure d'orgue portatif pendu au cou de son inventeur. La chanson « Grande Victoire ! » avait reçu un prix et, pour l'occasion, son auteur – il s'agissait bien de moi – s'était vu remettre un étui à cigarettes où figuraient, d'un côté, la distinction de l'Aigle blanc de la Pologne et les drapeaux des forces opposées au Reich ; de l'autre, le monogramme ainsi que le matricule à Sachsenhausen de son créateur : Siminski, 18207.

Aujourd'hui, c'est le jour de votre grande victoire !
Aujourd'hui, il est trop tard pour s'acharner à genoux !

Je suis allongé, j'attends toujours la mort qui ne vient pas en murmurant ces paroles. La maman sur le banc se repose. Elle aussi est fatiguée d'attendre. Je me demande où est Jacek. Sa colonne a quitté le camp peu avant la mienne. Peut-être brûle-t-il dans la forêt sous un tas de bois ? Je me dis aussi que Piotr aurait aimé l'étui à cigarettes, même s'il ne fumait plus. Mais bientôt, on en parlera tous les deux dans son paradis.

Übermenschheit[1]...
A mordu la poussière !
Sieg *et* Heil[2]
Sont en enfer...

1. « La race supérieure », « l'espèce humaine au-dessus des autres », pourrait-on traduire.
2. *Sieg Heil* signifie : « Salut à la victoire ! » Ce cri nazi complétait le salut hitlérien *Heil Hitler*.

Est-ce toujours la nuit ? À vrai dire, je ne me souviens plus de ce détail. Le 1er mai, c'est sûr. La veille, un SS a parlé du 30 avril. J'ai marché onze jours, la chance ayant voulu que, au mois précédent, il n'y en ait eu que trente. Comme si j'avais gagné une grâce éphémère. La dernière ville aperçue de loin s'appelait Crivitz. Le dernier panneau vu indiquait Schwerin. Après, il y a la Baltique. Ça n'avait servi à rien de marcher si longtemps, un jour de plus ou de moins, pour finir noyé. Il valait mieux tout arrêter dans ce trou de verdure.

Übermenschheit…
A mordu la poussière !
Sieg *et* Heil
Sont en enfer…

Je répète ça quand une main gantée se pose sur mon épaule. L'homme en uniforme est sale. Il sent la sueur et la boue. Moins que moi, sans doute. Il va m'ordonner de me mettre sur les genoux. Une balle, le tarif habituel. À tâtons, je cherche ma guitare, elle est là, à côté. Je la serre contre mon ventre. C'est mon bouclier. Vas-y tire, maintenant.

Mais le soldat se redresse et crie en se retournant : « *On zhiv*[1] *!* » Un autre approche. À deux, on me relève. Un troisième me tend sa gourde, il ressemble à Aliocha. « *Pit'*[2]… » Il fait le geste, mais je n'arrive pas à ouvrir la bouche. Alors il place ma tête dans le creux

1. « Il est vivant », en russe. Traduction phonétique.
2. « Boire », en russe. Traduction phonétique.

de son bras comme l'aurait fait la maman qui attend le retour de son fils. « Encore un effort, chuchote-t-elle à présent. Tu y es. » Nous y sommes presque, l'un et l'autre, côte à côte sur le banc. Elle ne sait pas tout ce que j'ai vécu, et c'est mieux. Il n'y a rien de plus triste que de faire pleurer une mère. Je n'ai pas envie de parler de mes frères, ses enfants, de ce qu'ils ont enduré, du typhus, de la diphtérie, de la schlague, de la faim, de la balle pour chacun d'eux. Je ne veux pas qu'elle entende le bruit sec du cou du pendu quand la trappe s'ouvre, les aboiements du Kapo, les ronflements du crématoire, le flonflon nazi, le silence de la chambre à gaz quand vient la mort. Et le bourdonnement de la mouche bleue. Trop de noms, de visages, de matricules défilent.

Je veux qu'elle me berce. Point final.

31

Je suis allongé dans un vrai lit. Je sens l'odeur du propre. Les draps sont en coton rugueux, et c'est bon de s'y frotter les pieds. Je ne dois rien faire d'autre, sinon le malheur reprendra le dessus, même si, forcément, à un moment ou un autre, Czarny surgira en hurlant : « C'est ton tour. Ça ne servait à rien d'attendre. Vous y passerez tous ! »

— Monsieur Kulisiewicz… m'entendez-vous ?

Je comprends sans mal la femme qui me parle gentiment. Je me dis : tiens, c'est du polonais. Je devine des cheveux bouclés, mais son visage reste flou ; mes paupières ne laissent passer qu'un filet de vie. Elle prend ma main pour chercher le pouls, la repose sur le coton. Ses doigts sont doux et fins.

— M'entendez-vous ?

Pour la première fois depuis très, très longtemps, je sens le parfum de peau d'une femme. Elle me rend visite à intervalles réguliers. Je me suis habitué à son pas, celui d'une amie. Je pense à la voisine à chagrin de Piotr qui souriait quand on la saluait.

— M'entendez-vous ?

J'essaye de répondre, mais les mots restent dans ma gorge. J'imagine que Baumkötter a fini par me détruire la voix.

— Je reviendrai plus tard. Reposez-vous.

Elle repart. Et je sombre dans le néant.

Parfois des chuchotis trottinent jusqu'à moi. Ils éteignent le bruit des fusillades, et, ça, c'est aussi bon que le gazouillis des oiseaux. Je tends l'oreille, j'en apprends. Cracovie, j'y suis - de retour chez moi. Un sacré bout de chemin depuis la Baltique. Petit à petit, ça revient, se précise. J'étais allongé dans un camion qui faisait des embardées pour éviter les nids-de-poule. Les corps roulaient, il y avait des morts, le chauffeur ferraillait avec les vitesses, rétrogradait, accélérait dans les montées, le Russe s'y connaissait. J'ai retrouvé comment je suis arrivé ici.

— Monsieur Kulisiewicz... C'est moi. M'entendez-vous ?

Je hoche la tête. Quelle est la couleur de ses cheveux ? D'un geste, je cherche à décoller le pus gras qui se mêle à mes cils.

— Attendez...

Elle pose un linge mouillé d'eau tiède sur mes yeux.

— C'est à cause de l'infection. Laissez-moi faire...

La sanie se liquéfie. Mes paupières s'ouvrent. Ses cheveux sont châtains, son visage ravissant, ses yeux verts plus clairs que ceux de Hanna. Elle porte une chaîne ornée d'une croix.

— Eh bien, monsieur Kulisiewicz, vous m'avez fait peur.

Elle se tient à un souffle de moi dans une blouse d'infirmière épousant ses formes. Ses mains jointes au-dessous des seins enlacent un bol de soupe. Elle a l'âge de Hanna quand je l'ai quittée, vingt ans à peine. Moi, dans mes os de Sachsenhausen, je dois faire vieux, être laid. Elle m'aide à avaler les légumes du potager de l'hôpital. La cuillère approche de ma bouche, son index caresse ma joue sans le vouloir, les siennes rosissent. Elle lance des phrases, n'arrête jamais. Comme ça, elle et moi sommes moins gênés.

— Votre estomac doit retrouver sa taille avant de repasser au solide. Soyez patient…

Je dis oui à tout avec la tête. Mais je n'ai envie de rien.

— Voulez-vous que nous parlions de… ce que vous avez vécu ?

C'est sa façon d'occuper le temps ou de me ramener à la vie. La soupe chaude délie peu à peu ma langue. Il faut répondre quelque chose pour la rassurer.

— Comment connaissez-vous mon nom ?

— Vous me l'avez dit hier… Vous ne vous souvenez pas ?

— Si je vous donne celui d'un autre… Savoir s'il s'en est sorti ?

Jacek est venu en premier. Elle promet de s'en occuper.

— La marche… Combien ont échappé à la mort ?

— Dix-huit mille, je crois, lâche-t-elle d'une voix hésitante.

Nous étions trente mille au départ de Sachsenhausen, peut-être davantage. Les chiffres qui tournent dans ma tête ne veulent plus rien dire – des morts, des morts à en vomir. Les mouches bleues entrent dans la chambre, vibrionnent autour de moi, la charogne. Je sens mes mains. L'odeur du pus les attire.

— Voulez-vous une belle nouvelle ? s'exclame-t-elle d'une voix enjouée (elle doit croire que l'humeur joyeuse me fait du bien). Berlin a capitulé. Hitler se serait suicidé. Mais on n'est sûr de rien. Cela fait trois jours que la guerre est finie de ce côté-ci du monde… Vous avez de la famille ?

Übermenschheit a mordu la poussière, *Sieg* et *Heil* sont en enfer, les mouches bleues évanouies, mais le *Führer* ne gigote pas au bout d'une corde. Je n'avais pas imaginé une fin comme ça. Piotr et tous les autres ne sont pas vengés.

— Qu'est-ce que je peux vous apprendre encore ?

— Demain, peut-être. Je suis fatigué…

Je ne sais même pas comment elle s'appelle.

*

La nuit suivante est très douloureuse. Je revois ceux que j'ai connus, les gazés, les brûlés pour rien. Le maître des mouches bleues est mort sans rendre de comptes. Il n'y aura ni excuse ni remords – un immense gâchis offert au néant. Que reste-t-il de nos vies fracassées ? J'ai juré de n'en oublier aucune, tenu grâce à elles. Désormais, je suis aussi seul que le premier soir dans le châlit. Je me sens orphelin des autres, terrifié à l'idée que l'un de nous soit toujours prisonnier. Cette nuit, j'appelle chacun d'eux. Souvenez-vous, mes amis : *Tu es si loin de moi. Tu es si belle. Dans ce village brille mon soleil… M'attendent tes lèvres, si douces et si chaudes. Tu es si loin de moi. Tu es si belle…* Et il me semble qu'ils répondent en entendant les prénoms de Doty, Jadwiga, Sarah, Bayla, … les femmes de la chanson de Marek, le géant slovaque. Alors je chante pour elles, pour eux, pour nous tous. Je chante avec les ombres de Sachsenhausen jusqu'à l'épuisement.

32

Nous avons rendez-vous à 8 heures. Elle s'assoit sur une chaise, face au lit, sort un crayon à papier de la poche de sa blouse, relit les notes de la veille, la tête droite sur les épaules. Ses boucles châtain-blond accrochent la lumière de mai qui s'invite à la fenêtre. Puis elle tourne la page du gros cahier, lustre la feuille nouvelle avec le dos de la main parce qu'elle fait toujours ainsi depuis l'école. Elle relève enfin les yeux et me regarde en souriant.

— Ce midi, il y a du *gołąbki*. Je suis désolée, mais vous n'avez pas encore droit au chou farci… Juste le bouillon. C'est très bon.

Je pense au navet du Kapo. « Repeta » tambourine dans ma tête. Ce n'est pas encore le vrai repas de la liberté.

— Quel est le programme, monsieur Kulisiewicz ?

C'est très important de répéter mon nom à tout bout de champ parce que, dit-elle, j'en ai été privé pendant six ans. Le nom de famille est l'antidote du matricule, du triangle de couleur, de la tenue rayée – sans lui, pas de dignité. Je l'appelle par son prénom, Nina, elle m'y a autorisé. Pour moi, j'aurais préféré qu'elle choisisse Aleksander ou Alex, mais c'est son choix.

— Hier, nous avons recopié « Mister C. ». Voulez-vous que je relise ce que vous m'avez dicté ?

Nina est aussi musicienne. Le cahier se noircit de dièses, de *do-ré-mi-fa-sol-la-si-do*, de croches, de doubles-croches, de blanches, de noires, de contre-*ut*, de *pianissimo*, de *moderato*... Ce n'est pas de la partition de clown. Elle prend son travail au sérieux. En marge, elle consigne les textes. Deux pages, une chanson. Et le titre bien haut, au milieu, en capitales. Nous l'avons décidé ensemble. Elle me quitte le soir en lançant : « À demain, monsieur Kulisiewicz. Reposez-vous. Nous avons encore du travail... » La nuit, ma mémoire reconstitue les mélodies, les paroles, les miennes et celles des autres. Tout doit être consigné. Je me torture jusqu'à retrouver les circonstances, le lieu, le block où a été jouée chaque chanson pour la première fois. Je revois les visages, les sourires de mes compagnons. Je revis les souffrances, la faim, les privations. Cette nuit, j'ai fait renaître Nowak injuriant Loritz et sa musique barbare. Les corps des pendus se balancent à la potence de la place d'appel. J'entends aussi le claquement de la schlague, les coups qui s'enchaînent. Je retourne à Sachsenhausen, j'ai froid dans le châlit, Piotr tousse, l'eau dégouline sur l'ampoule, le fil électrique est dénudé, un Kapo hurle mon matricule sur la place d'appel. Je me demande parfois si j'ai quitté l'enfer.

Et Nina entre dans la chambre. Ce matin, le « programme », puisqu'elle en parle ainsi, est plus lourd encore que d'habitude.

— « La Berceuse du crématoire »...

— C'est le titre ?

Je me redresse dans le lit.

— Celui que j'ai choisi avec l'horloger Aaron Liebeskind.

*

Cela fait trois semaines que je séjourne dans ce rectangle de coton, la tête calée dans les plumes de l'oreiller avec interdiction d'en sortir. Je commence à m'intéresser à ce qu'il se passe autour de moi, aux bruits familiers de l'hôpital. La bonne humeur qui gagne lorsque sonne l'heure de servir les repas. L'appel général au moment des soins. Le bastringue des chariots roulant dans le couloir. Les jurons de ceux qui les cognent contre l'encadrement des portes, toujours pas assez larges, et qui, si elles l'étaient, arrangeraient bien le travail. Je ne me lasse pas des pas rapides des blouses blanches, de leurs rires quand tout va bien, des voix tendues si ça tourne mal. Je sais qu'il n'y a pas d'autres déportés ici. Je suis loin de mes amis, se désole Nina, mais, d'un autre côté, ce serait ma chance.

— Vous êtes un peu notre mascotte. Une chambre pour vous seul et tout le monde est aux petits soins... J'ai mis la guitare dans un placard. Elle est à vous, monsieur Kulisiewicz ? Eh bien, vous me jouerez un air quand ça ira mieux...

Peu à peu, je prends de l'assurance. La veille, j'ai enfreint les ordres du médecin et de Nina qui veille sur moi comme si sa propre vie en dépendait. Avant son arrivée, j'ai posé un pied sur le sol, le gauche en premier parce que Piotr répétait chaque matin qu'être superstitieux portait malheur. Le carrelage froid adoucit les plaies qui crevassent mes orteils. Cela semble si simple de prendre appui sur le matelas dodu comme une oie de Noël et de partir à l'aventure. Trois pas pour faire le curieux à la fenêtre ouverte. Mais en me redressant, mes jambes se dérobent. Je tombe. La porte s'ouvre sur le Zébra étalé de tout son long. En un éclair, la Brute revient. Elle avance, la schlague en main. J'ai désobéi. Je serai puni. Je lève la main pour me protéger le visage.

— Vous n'êtes pas prudent, monsieur Kulisiewicz. Et arrêtez de faire le clown…

Nina se moque, Nina rit, Nina m'aide à remonter dans le lit. Qu'est-ce que je ferais sans vous, Nina ? Quand mon histoire devient trop dure à entendre, elle mâche son crayon, baisse les yeux pour cacher ses larmes. « La Berceuse du crématoire » est longue à recopier. Des gouttes salées tombent sur le cahier. Nina souffre. Je m'en veux de l'embarquer à Sachsenhausen.

On y traîne des corps noirs
Que la flamme brûlera.
On y traîne mon fiston
Aux cheveux d'or fin…

— Comment fait-on pour vivre après tout ça ?

Elle se mord les lèvres, regrette sa maladresse.

Je ne sais quoi répondre. Peut-être que nos rendez-vous me donnent de la force, peut-être que je vis encore grâce à ces heures à écrire qui m'aident à tenir la promesse de ne rien oublier.

Chaque fois que nous attaquons un nouveau chapitre, je retourne au block, au camp, rends visite à Rosebery d'Arguto, à sa chorale, à Piotr, au comptable bigleux afin qu'aucun ne disparaisse. Je ne peux les laisser tomber.

Chaque jour, j'affronte ces lieux maudits en compagnie de Nina. Il lui faut du courage pour supporter l'agonie du *Muselmann*, me suivre jusqu'à la porte du camp qui s'ouvre et se referme au passage des kommandos, regarder ce corps grillé sur les barbelés, entendre le souffle du crématoire, sentir l'odeur de la graisse fondue, respirer les cendres des morts…

Chaque matin, elle ouvre la fenêtre, sort son crayon de papier, lisse une feuille vierge, et nous écrivons mon *reportage poétique*.

*

Au bout de deux mois, j'ai droit à ce premier vrai repas de la liberté. Je suis moins maigre. Je rentre peu à peu dans l'ordre de ceux qui ont été épargnés pour des raisons parfois inavouables. J'avais raison. La consomption du déporté dérange, son état famélique embarrasse les bien portants. À quoi bon s'attarder *ad vitam aeternam* sur le sort des malchanceux ? Il y a aussi des honorables parmi ceux qui sont passés entre les gouttes. Les visages ronds valent ceux des émaciés. Certains ont été plus malins, et il est interdit de dire ou de penser qu'ils n'ont pas souffert à leur façon. Maintenant, tournons la page. Nina lisse la sienne ; et nous reprenons où nous en étions restés la veille.

Ce jour-là, un dimanche de juin, nous avons du mal à nous concentrer. Le cuisinier, secondé par le potager du jardinier, a fait des miracles. L'odeur d'un ragoût flotte dans le couloir conduisant de ma chambre aux cuisines. Les heures tournent lentement en attendant le déjeuner. Nina m'annonce que j'ai droit à une belle portion de *rosół* et que la soupe sera garnie de viande « extra ». Ensuite, on me servira un *zrazy wołowe*. Combien de fois avons-nous rêvé, Piotr et moi, de partager une roulade de bœuf – servie dans son jus de cuisson, ajoutait-il pour me faire baver ? Il y aura aussi des pommes de terre grillées. Au moment où le plateau arrive, Nina me recommande de couper la viande en petits morceaux et de mâcher longtemps avant d'avaler. Six années de privation ont engendré des dégâts considérables dans mon système digestif. Lors de la libération des camps, des soldats russes ont généreusement offert à manger aux prisonniers qui se sont jetés sur la pitance. Nombre sont morts dans d'horribles souffrances, l'estomac retourné par l'abondance. Après ce repas, je dors toute la journée.

En juin, je me lève sans perdre l'équilibre. Je peux marcher, ouvrir la porte, descendre au jardin. Les abeilles butinent. Il n'y a pas de mouches bleues. Nina avoue qu'elle m'a menti. Il y avait bien des déportés comme moi les premiers jours de mon arrivée. Ils n'étaient pas de Sachsenhausen. Et tous sont morts. On n'a pas pu les sauver.

Je n'ai pas envie de voir la ville. Personne ne me manque. Je reçois la visite d'amis qui n'ont pas connu le même sort. Les rares qui savent que je suis vivant. J'ai peu de choses à dire. La conversation tourne vite en rond. Par pudeur, pour ne pas réveiller les mauvais souvenirs. Au début, on ne parle pas de Sachsenhausen. Mais bientôt, ça vient sur le tapis. La scission que j'avais pressentie entre ceux qui ont échappé au pire et nous, les déportés, se produit. « Bon Dieu, lâche l'un, dehors, ça n'a pas non plus été drôle et, aujourd'hui, tout manque ! » Je suis bien dans ce lit, nourri mieux qu'eux, « chouchouté par une infirmière gironde ». Et il se fend d'un rire gras pour dissiper la gêne. Alex, ce sacré veinard ! toujours à faire le clown… Quand est-ce qu'il remonte sur scène ? Le malaise passe. J'ai l'air solide, « bien plus que ce que l'on imaginait ». En me comparant aux photos parues dans les journaux des fantômes libérés des camps *in extremis*, je ne m'en sors pas trop mal. Treblinka, c'était autre chose. Et puis les salauds de nazis payent, à présent. Ils ont été arrêtés, seront jugés et pendus, ils y passeront tous. Et « on » sera vengés. Allez, finissent par conclure les mêmes « on », il est temps de me foutre la paix, j'ai besoin de repos. « On » repassera. La porte se referme. Le silence revient. Aucun des visages qui me donnaient du courage pendant la « danse d'Indiens » ne me rassure aujourd'hui, leur faux air jovial me dérange. Ils parlent fort, rient pour n'importe quoi. Ils me tapent sur l'épaule, me serrent dans leurs bras avant de s'en aller. Du châlit à la place d'appel, en passant par la marche, je me suis coltiné assez de bruit, de foule, de cohue pour rassasier une vie.

Je n'en réclamais pas, mais un ancien camarade de l'Union de la jeunesse démocratique polonaise pour qui j'avais rédigé l'article me conduisant à Sachsenhausen m'a donné des nouvelles de Hanna. Elle vit, serait heureuse… Stop ! J'ai refusé d'en savoir davantage. Je lui ai quand même écrit. Sans obtenir de réponse. Après six années de séparation, le silence, c'est mieux qu'un rendez-vous de rupture. Étrangement, je me sens soulagé. Je n'avais pas envie d'entendre qu'un mois fût vite effacé. Seule Nina me réconcilie peu à peu avec le monde.

*

En juin aussi, j'ai droit à la visite de Jacek. Qui s'est refait une santé dans un autre hôpital.

— Je ne me suis pas attardé… Faut dire que j'avais pas le même gabarit que toi comme infirmière personnelle.

Il cligne de l'œil, les habitudes reviennent.

— La fille n'était pas un premier prix de beauté, continue-t-il, mais j'ai sympathisé quand même, histoire de… Tu vois ce que je veux dire. Et impossible, mon vieux. *Nada*, même pas un petit garde-à-vous. Ça m'était pas arrivé depuis… Jamais. Mais c'est revenu d'un coup. La semaine dernière, je roupillais tranquille et…

Jacek est une force de la nature.

— Bon, je ne voudrais pas te fatiguer. T'as quand même l'air bien crevé…

Il se lève sans effort, serre le nœud de sa cravate. Il porte un costume croisé.

— Je n'ai pas oublié ma promesse. On s'associera à parts égales. Toi, tu détends les zygomatiques de ces messieurs, moi je les divertis avec les dames. On sera les rois de Varsovie.

Il me donne une adresse, entre Krowia et Stefana Okrzei, au cœur du quartier un peu borgne de Praga.

— Pas question de chanter tes airs de Sachsenhausen. On fera rire. Des belles tranches de rigolade. Un cabaret avec plein de jolies filles. Mais pas touche, juste pour le spectacle… T'en dis quoi ?

— C'était ton vœu, la nuit où on refaisait le monde ?

— Je ne vois pas de quoi tu parles, s'assombrit-il.

— La Voie lactée, l'étoile filante, ne me dis pas que t'as oublié ? Tu as fait un vœu…

— Je l'ai oublié, s'énerve-t-il. Pour le cabaret, c'est oui ou c'est non ?

Sur le coup, je promets d'y réfléchir, mais c'est tout vu, ce sera non. Jacek n'est pas dupe. Ses yeux sont tristes.

— Prends ton temps, s'adoucit-il. Pour nous, ce n'est pas facile de revenir chez les vivants. Quand tu penses que j'ai passé toutes ces années à me faire des idées sur les gens qui me manquaient et, d'un coup, c'est comme si je m'en foutais.

Il secoue sa carrure pour chasser le passé et se gratte la gorge afin de se donner du courage.

— Bon, d'accord, je vais te dire le vœu que j'ai fait, grogne-t-il à regret. J'espérais qu'on serait vivants tous les trois. Comme quoi, les vœux, ça ne sert à rien à part te faire encore plus mal. C'est comme ces croyances sur l'éternité où on retrouverait les copains. T'imagines si ce n'est pas vrai ? Là, je serais vraiment déçu…

Il hésite avant de lâcher la question qui le tiraille :

— T'étais là quand il est…

Une mouche se pose sur ma main.

Je réponds oui. J'étais là quand Nowak est mort.

— T'as rien pu faire ?

Je réponds non.

— Pour le cabaret, c'est pareil, murmuré-je. J'ai d'autres projets.

Et on s'est perdus de vue.

33

En septembre 45, il faut s'y résoudre. Le médecin décide que je suis apte pour le retour à la vie. Le cahier n'a pas été assez gros pour consigner le récit de mes nuits sombres. Nina en a déniché un deuxième, un troisième. Elle ouvre de grands yeux.

— Nous en sommes à plus de sept cents feuilles. Ce serait bien le diable si nous avions oublié quelque chose…

C'est sa façon de me dire qu'il est temps d'arrêter. De tourner la page pour de bon. De refermer le cahier. Maintenant, pour panser les plaies qui ne se voient pas, il faut faire appel à une sainte. Elle n'ose pas aborder franchement la question, mais, pour elle, les notes, les mots, les chansons tournent à l'obsession. Nina a sa vie, elle est fiancée, se marie au printemps prochain. Elle reprend sa liberté.

— Vous ne m'avez jamais dit si une femme vous attendait ?

Pour se remettre sur les rails, c'est une bonne recette, pense-t-elle.

— Pas une seule visite, insiste-t-elle. Et une lettre sans réponse…

— Nous aurions pu en parler plus tôt.

Elle est assise. Ses mains posées sur les genoux glissent sur le tissu blanc. Elle se mordille les lèvres. Je la connais. Je sais qu'elle est mal à l'aise.

— Vous avez raison. Je crois que c'est trop tard…

*

Je pars pour Varsovie. Mon bagage est fait. Il tient dans un petit sac, deux chemises, une veste, un pantalon dénichés par l'hôpital. Ce sont peut-être les habits d'un mort. Je n'ai pas joué les curieux. Dans la poche intérieure de ma veste en laine rugueuse, Nina a glissé l'étui à cigarettes que l'on m'a offert à Sachsenhausen pour la chanson « Grande Victoire ! ».

— Ce n'est pas une raison pour fumer…

Bien sûr, elle connaît l'histoire de l'objet.

— Voulez-vous que je vous accompagne à la gare ?

Je refuse.

Les cahiers sont dans le sac, il fait beau et chaud. Je passe l'anse de la besace sur l'épaule droite ; à celle de gauche, j'accroche ma guitare plus légère qu'une plume. Nina et moi, nous descendons au jardin. Le portail de l'hôpital est grand ouvert. Pas besoin de « danse d'Indiens » pour sortir.

— Vous ne m'avez pas raconté comment vous aviez récupéré cette guitare…

Elle a appartenu à un juif, pourrais-je raconter. Peut-être à un musicien, peut-être même à quelqu'un que j'avais simplement croisé. On me l'a offerte ou je l'ai trouvée, quelle différence ? Elle vient de Sachsenhausen, elle *est* Sachsenhausen. Ce n'est pas moi qui joue, mais elle. Il suffit de poser deux ou trois doigts maladroits sur ses cordes pour que les chants renaissent. Mais je ne me sens pas la force de raconter tout cela.

— Le hasard… réponds-je, parce que c'est aussi vrai.

Pour la première fois, nous nous sommes embrassés sur la joue comme de bons amis. Elle se détache au moment où nos corps vont se toucher. Je lui souhaite bonne chance, adresse par avance mes vœux de bonheur et les félicitations d'usage à la future mariée, espère sincèrement que le meilleur préside à cette union – de beaux enfants, un homme honnête et courageux… Elle sourit tristement. C'est agréable de croire que je vais lui manquer. Le temps de se dire adieu, sa vie part ailleurs. Je n'ai pas demandé le prénom de son élu. Ça donne moins de consistance à notre séparation.

*

Dans le train pour Varsovie, il n'y a ni cafards ni mouches bleues, pas de porte fermée à double tour, pas de vasistas au plafond. Je partage une banquette en bois, et c'est mieux que la paille, avec un monsieur à l'allure de comptable, un deuxième plus âgé qui ressemble à un médecin. Je me dis que c'est bien de l'avoir près de moi. Le contrôleur demande nos billets. Je lui tends le mien. Il ne me regarde pas. Je me répète, ce monde-là est inoffensif, il ne te veut aucun mal. Ne pas écouter les grincements des roues, ne pas craindre les arrêts, ne pas écarter les jambes, ne pas chercher ceux de devant, de derrière, d'à côté, de peur de tomber. Ce n'est pas un train à bestiaux. Oui, ça freine dur quand il y a une halte, mais je n'ai pas à descendre, à me mettre en rang, à me faire compter, à surveiller les bottes attaquant le gravier, les coups dans la porte du wagon pour vérifier qu'elle est verrouillée. Je ne suis pas un des chiens de Pavlov. Je ne suis plus un Zébra.

*

L'arrivée est un choc. On croit Hitler disparu, et voici que sa haine, sa violence, sa folie ressurgissent. Je ne reconnais plus Varsovie. Ma ville est détruite. Après l'insurrection de 1944, les nazis ont décidé de donner une leçon à mon peuple indocile. Le résultat est effroyable. Les immeubles ont été détruits par les canons ou au lance-flammes. Certains sont de guingois, l'essentiel est réduit en cendres. Je marche au milieu d'une rue déserte, puis d'une autre jonchée de décombres que le feu a rendues méconnaissables. Je traverse des lieux désormais sans nom, parsemés de trous, de bosses, de blessures. Ici et là, il y a des portes arrachées, des poupées d'enfants brûlées, des chaussures orphelines de leurs paires, sans lacet, sans talon, des robes déchirées, tachées de sang. Des morceaux de vie martyrisées – ce qu'il reste de Varsovie. Tout ce qui a été épargné par la destruction a été pillé par des ventres affamés. Même les cafards ont été exterminés.

Il faut faire un effort pour retrouver la trace de ce qui existait avant. Le petit restaurant où j'aimais m'attarder avec mes camarades de l'Union de la jeunesse démocratique polonaise a disparu. Comme l'imprimerie où j'écrivais mes papiers vengeurs sur le Reich. La place du Rynek, au cœur de la vieille ville, n'est qu'un terrain vague. Non, plus rien n'est debout, pas même le chamboule-tout du grand-père Dabrowski, et mon cœur se serre en pensant aux auto-tamponneuses où j'ai connu Hanna.

J'approche de mon chez-moi. La façade est toujours debout, mais en poussant la porte je découvre l'intérieur : une coquille creuse à laquelle s'accrochent des bouts de plancher, des fragments de mur, un nid de tuyaux en plomb se tortillant comme des serpents. L'eau dégouline sur une ampoule brisée, son fil dénudé pend sur une poutre calcinée, et tout cela oscille dans le vide. Seul l'escalier a résisté. Je le prends. Les marches craquent. Le pas léger de Hanna me revient. Sans fermer les yeux, je la vois. Et il me vient l'idée qu'elle a laissé un mot qui m'attend. Sur le palier, plus de porte, plus de nid douillet. Je fais un pas, les gravats égratignent mes chaussures neuves, je cherche une trace du passé. Sous ce qui fut un lit, coincée entre deux lattes de parquet, ci-gît une montre brisée. Elle restera là.

Je remets le baluchon à une épaule, à l'autre la guitare. J'ai des papiers d'identité. À l'hôpital, on m'a dit qu'il existait un service pour aider les déportés.

*

On se fait à tout, disait Piotr, il y a toujours pire. Je renoue avec d'anciennes connaissances. Qui m'aident à trouver un logement, m'invitent à dîner. Immanquablement, l'un d'eux me demande :

— Veux-tu découper la viande ?

Et je prends le couteau, cisaille les morceaux saignants en criant :

— On se croirait à Sachsenhausen !

Et tout le monde pense qu'Alex, le clown, amuse la galerie.

Un jour de janvier, je me décide à me rendre en Silésie. Jadwiga, l'épouse de Piotr, son combat, me reçoit dans la cuisine où il fait chaud. La lettre que j'ai écrite est sur la table. Avec tout ce voyage pour arriver jusqu'ici, des mots se sont effacés en route. Jadwiga courait après depuis. Piotr les a choisis, mens-je, mais j'ai de la mémoire. Son fils regarde l'inconnu. Pourquoi vit-il, lui ? Je lui demande de bien veiller sur sa mère. L'enfant ne répond pas. Il est renfermé, l'excuse-t-elle, il faut comprendre, et j'acquiesce en silence en regardant l'heure à mon poignet parce que les habitudes, à force, reprennent le dessus. Le train part à 16 heures.

*

J'ai trouvé un travail dans la presse – qui me doit bien ça : six ans pour quatre mots. Journaliste, je crois m'y faire. Correspondant à Prague, ça paraît séduisant. Et les années d'après-guerre ne manquent pas de piquant. Russes et Américains lorgnent sur l'Europe exsangue, la guerre froide s'installe, il y a de quoi raconter. Le sang coule de nouveau. Nowak a raison : la laideur des années vécues nous collera à la peau et se montrera sans pudeur, elle a pris goût à la chair, elle s'accrochera à nous, le mal originel du nazisme marquera au fer rouge le futur. Les mouches bleues sont comme la mort : increvables.

L'écrivain polonais Sienkiewicz a écrit que l'âme humaine est comme l'abeille qui puise son miel même de l'amertume des fleurs. Ma vie à moi a le goût âcre de la cendre.

Hanna n'y est pour rien, mais je me suis marié. J'espérais un « bonheur simple » – des enfants, une vie rangée, quoi de plus important ? La réponse se trouvait dans un placard près de mon lit où j'avais posé un temps ma guitare et mes cahiers. Les ombres de Sachsenhausen y attendaient que je leur rende leurs vies.

À la fin

Un matin, j'ai abandonné ce « bonheur simple ».

Il me semble que personne ne m'en a voulu, l'âme errante ne s'emprisonne pas. La mienne s'entêtait à retrouver la musique qui avait été jouée, chantée, créée dans les camps afin qu'elle ne disparaisse pas. Et tout le monde n'avait pas la patience de Nina.

Au cours des années 50, j'ai mené l'enquête, écrit à d'anciens déportés, conduit des centaines d'heures d'entretiens, collectant pour finir une multitude de textes – l'écume poétique de la vague qui avait englouti des millions d'âmes sœurs. Après, fallait-il enfermer tout ça dans le placard à histoires où se trouvaient ma guitare et les trois cahiers où Nina avait consigné ce que vous connaissez maintenant – et regarder la poussière qui s'y déposait ?

*

Au début des années 60, les mots « déportation », « extermination » ont commencé à perdre du sens. La barbarie ressemblait à une idée lointaine. Ou vieille... Disons que la haine prenait d'autres formes... Comment croire que les générations suivantes pourraient imiter Sachsenhausen, un nom très compliqué ? *The show must go on*, la Terre tourne, mon cher Alex. Un temps chasse l'autre, chaque époque doit faire face à ses propres peines… Je connaissais le refrain. À quoi bon ressasser le passé, le présent n'était-il pas déjà assez préoccupant ? Mes âmes à moi demandaient simplement que leurs voix qui murmurent ne s'éteignent pas. Qu'elles ne disparaissent pas une seconde fois. J'ai dit à ceux qui ne voulait rien entendre : sans passé, il n'y a pas d'avenir, pas même de présent, et je sais de quoi je parle. Pour me faire mieux comprendre, j'ai ressorti ma guitare, les cahiers de Nina, et je suis remonté sur une scène. Aleksander Tytus Kulisiewicz signait son retour. Il ne jouait pas, n'était plus comédien. Il incarnait ce qu'il avait vécu, il racontait la vérité. Et pour qu'on ne s'y trompe pas, ce n'était plus le clown du cirque Winkler, mais un Zébra gémissant dans sa tenue rayée.

*

Sur scène, j'entrais vêtu ainsi, un triangle rouge accroché à ma veste rayée, guitare à la main. Pendant le récital, je chantais et mimais les cantilènes de Sachsenhausen comme lors de mes représentations clandestines. De nouveau, j'étais au block 65, je retrouvais l'odeur, les bruits, ça se serrait les coudes, ça piaffait, Jacek surveillait le Kapo. Venait le moment d'attaquer « Mister C. ». Je me remuais tel un damné, j'injuriais Hitler, j'appelais Churchill, j'entendais les rugissements de joie des camarades russes, tchèques, polonais, je leur faisais toujours face – *Germania,*

Germania ! J'étais porté par les vivats. Je connaissais chaque visage, je savais même qui serait bientôt mort.

Les lumières se rallumaient. Je voyais les spectateurs dont j'espérais avoir ravivé les consciences. Il me fallait du temps pour réaliser que je n'étais pas chez Hans Loritz, Anton Kaindl, Heinrich Himmler, Heinz Baumkötter, etc. – la liste des exterminateurs n'en finit pas –, mais dans une salle de théâtre.

Une guitare, un costume, des gesticulations, était-ce suffisant pour dénoncer le mal qui, attendant son heure, ressurgirait ? J'y pensais quand le rideau rouge était retombé. Un nouveau jour m'attendait… Guitare, costume et pantomimes, un autre récital se préparait.

*

Du Japon à l'Italie, j'ai parcouru le monde. Je n'ai pas toujours été bien reçu. Pour certains, Shoah et chambres à gaz ne méritaient pas d'en faire tout un plat. J'ai été menacé, attaqué… L'hydre nazie a mille visages, elle est même increvable, comme disait Nowak. Je n'en démords pas : le passé sommeille. Il ressurgira. Les mouches bleues n'ont peur de rien.

L'avantage du siècle dans lequel je vis, c'est de domestiquer le son et même de pouvoir l'enregistrer – comme quoi, tout n'est pas si mauvais. C'est pourquoi j'ai édité des albums dans lesquels je me suis acharné à reproduire la malédiction de Sachsenhausen. Nous voilà tous prévenus : si l'histoire bégaye, personne ne sera surpris. Moi, j'ai l'esprit tranquille. Je n'ai cessé d'agir, jamais craint de radoter.

J'ai aussi poursuivi le projet immense de réunir en un seul lieu la création artistique des camps – l'insondable, l'impalpable secours des mots et des notes sans lequel nous n'aurions pu survivre.

Rassembler ce qui naquit envers et contre tout à Treblinka, Auschwitz, Dachau, etc. – la liste des lieux d'extermination n'en finit pas –, c'est démontrer que l'esprit humain est plus fort que ce qui le déshonora et lui fait toujours honte. Qu'arracher ainsi des ténèbres ces témoignages – l'œuvre symphonique ou le minuscule morceau de papier où sont griffonnés quelques mots avec du sang –, c'est nous sauver du pire de nous-mêmes. Mais une voix éraillée y suffira-t-elle ? Tout cela aura une fin, il faudra y passer, rejoindre Piotr et les autres. Que j'entends déjà. Puisqu'ils ne m'ont jamais quitté.

Le temps s'écoule, ma vie est de plus en plus incertaine, aussi je me dépêche. Ce soir, je serai à la fois sur scène et devant la porte de Sachsenhausen. Le gros con SS m'invitera à une « danse d'Indiens », et je tournerai, tournerai, je ne m'arrêterai jamais.

*

Ce soir encore, les ombres me parlent et se racontent aussi. Ce soir, leurs voix s'élèvent au-dessus des ruines. Ce soir, les murs vibrent et tremblent. Le « Chant des déportés » retentit sur la place d'appel. Rien ne peut l'arrêter, pas même les gesticulations de Loritz. Les schlagues sont rentrées. Les Zébras tiennent la baguette, ils étincellent, ce sont eux qui brillent dans la lumière. J'entends les rugissements de joie du block 65. Maintenant, Rosebery d'Arguto lève une main. Nowak le regarde, apprend comment se dirige un chœur. Le ténor lance sa première note. Tout est là, tous y sont. Avanti, maestro !

*

Tant que l'un de nous y sera, je me rendrai là-bas, au royaume des mouches bleues.

Post-scriptum

Aleksander Kulisiewicz a gardé jusqu'à la fin de sa vie l'étui à cigarettes offert par les déportés lors de la dernière représentation à Sachsenhausen.

Aleksander Tytus Kulisiewicz

7 août 1918, Cracovie, Pologne
12 mars 1982, Cracovie, Pologne

Notes de fin d'ouvrage

Le devoir de mémoire

De mes premières recherches jusqu'au point final, trahir la mémoire des martyrisés m'a hanté. J'ai cherché à rester au plus près de la vérité. Mais le diable niche dans les détails, et la souffrance de ceux qui ont été déportés et assassinés par le régime nazi exige de ne commettre aucune erreur. Même en agissant avec prudence, j'ai pu en écrire. C'est pourquoi je prends les devants. Aux victimes de cette barbarie, à leurs familles, à ceux qui œuvrent pour que soit respectée leur histoire, j'assure que ma seule excuse est d'avoir été emporté par la vie d'Aleksander Kulisiewicz. S'il n'y avait qu'un roman que je devais écrire, c'était celui-ci. Si on me demande combien de temps il m'a fallu pour l'écrire, je répondrai toute une vie. Je me suis hasardé sur la frontière fragile qui sépare la fiction de la réalité, conscient des plaies profondes que je pouvais rouvrir parce que je crois au devoir de mémoire. Aussi, je plaide l'indulgence. Seul celui qui ne risque rien ne se trompe jamais.

L'esprit et la lettre

Il y a vingt ans, j'ai rencontré Yvette Farnoux. Elle dirigea les services sociaux des mouvements unis de la Résistance et fut déportée à Auschwitz et à Ravensbrück. Je garde de cette rencontre un souvenir intact[1]. Chacun de ses mots était essentiel, précis comme la vérité cruelle qu'elle a connue. Ce roman, *Les Mouches bleues*, ne se mesure pas aux récits historiques, inattaquables, sur la déportation. S'il faut le répéter, il s'agit d'une fiction. C'est en ce sens que la traduction des textes des chansons d'Aleksander Kulisiewicz ne s'est pas faite forcément au mot près car leur interprétation tient une grande place. À Sachsenhausen, chaque morceau s'écoutait, mais aussi se regardait à la manière d'une saynète. La gestuelle, le mime, les gémissements étaient indissociables du texte et, pour en rendre compte, il m'a fallu parfois choisir l'esprit plutôt que la lettre, selon ce que je ressentais. Du moins, j'ai fait ce choix subjectif pour me rapprocher au plus près des spectacles organisés en secret dans

1. Cette rencontre et ces échanges se firent à l'occasion de l'écriture d'*Un homme de liberté*, récit portant sur la vie d'Abel Farnoux, son époux, déporté à Buchenwald.

les blocks. J'ajoute qu'il existe souvent plusieurs traductions d'un même texte. En choisir une pour « La Berceuse du crématoire » ou le « Chant de mort des juifs » fut un déchirement. En décidant de me concentrer sur l'artiste plutôt que sur telle ou telle version, en mêlant parfois plusieurs interprétations, j'espère ne pas avoir trahi ce « reportage poétique », puisque c'est ainsi qu'Aleksander Kulisiewicz qualifiait lui-même son œuvre.

Fiction et réalité

Certains personnages tels que Piotr, Bogusław Nowak, Jacek, Aliocha Filipovitch appartiennent au registre de la fiction. Ce qu'ils ont subi ne l'est pas.

Le récit de la tentative d'assassinat d'Aleksander Kulisiewicz par le SS Baumkötter et les conditions dans lesquelles il fut sauvé grâce au courage et à la ruse du corps médical du *Revier* sont tirés du livre de Pierre-Emmanuel Dauzat et de Hélios Azoulay, *L'enfer a aussi son orchestre. La musique dans les camps* (Librairie Vuibert, 2015). Ce récit est également développé dans le livre de Thomas Saintourens *Le Maestro. À la recherche de la musique des camps (1933-1945)*, publié aux éditions Stock. Roman Brzeziński, le médecin qui sauve Aleksander, relève en revanche de l'invention. Il en fallait un. Je n'ai hélas pas retrouvé le nom de ce héros.

Les exactions de toutes sortes subies sans relâche par les déportés sont exactes. À titre d'exemple, voici le témoignage de Heinz Wollmann sur ce qu'il vécut au kommando *Klinkerwerk* dans lequel a travaillé Aleksander Kulisiewicz. « J'ai fini par m'écrouler à force de porter des sacs de ciment. Bubi Krüger m'a donné un coup de crosse en plein dans la gueule – nez cassé, paumé toutes mes dents. »

Les Kapos Czarny et Sakowski ont également existé.

J'ai choisi Varsovie comme ville où Aleksander Kulisiewicz vivait et fut arrêté. Est-ce plutôt à Cracovie, où il étudiait ? De même, se rend-il à Varsovie après sa libération ou reste-t-il à Cracovie ? Le romantisme de Varsovie se marie bien avec le personnage de Hanna, et sa destruction par les nazis est un épisode tragique de l'histoire de la Pologne. Il me semblait essentiel d'en faire état. Aussi ai-je fait ce choix, Varsovie plutôt que Cracovie, qui se comprend comme une licence romanesque.

Carte du camp interne de Sachsenhausen établie par Résistances-Morbihan

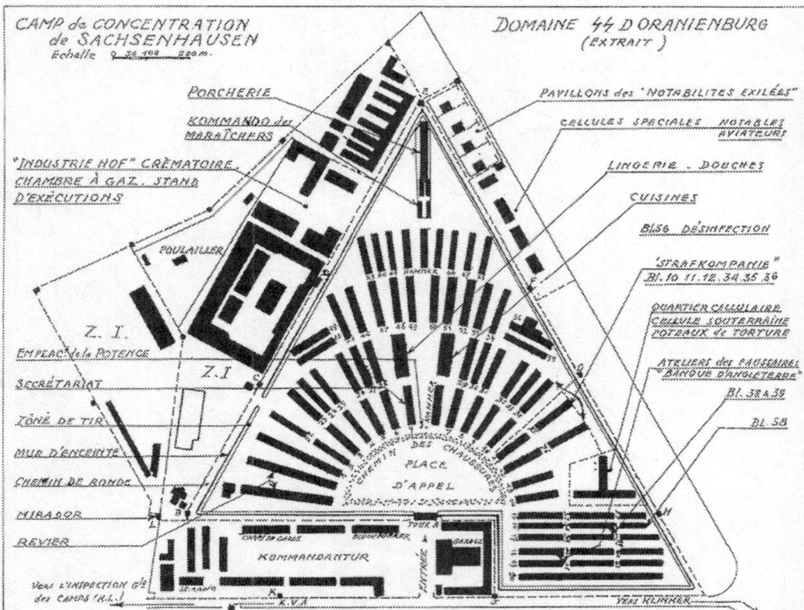

Source :
http://www.resistances-morbihan.fr/sachsenhausen

Les fusillades avant l’évacuation du camp

Témoignage du SS Höhn : « Kaindl me chargea du travail d’organisation destiné à exterminer les détenus sur place. Les chefs de blocks transportèrent les détenus au crématoire où ils furent exterminés par un kommando venu spécialement d’Auschwitz et dirigé par le *Hauptscharführer* Moll. L’extermination des détenus se poursuivit journellement, et le crématoire où l’on incinérait les cadavres fonctionna nuit et jour. Au cours des mois de février et mars 1945, 5 000 détenus furent fusillés au camp de Sachsenhausen. »

Source :
Amicale d’Orianenburg-Sachsenhausen, *Sachso*, Minuit/Plon, 1982.

Pendant la marche

Témoignage de M. de Cocatrix, délégué du Comité international de la Croix-Rouge : « Le matin du 22 avril, nous découvrîmes, entre Löwenberg et Lindow, les vingt premiers détenus fusillés au bord de la route : tous avaient une balle dans la tête. Au fur et à mesure de notre avance, nous rencontrâmes un nombre toujours plus grand de détenus fusillés au bord de la route ou dans les fossés. Dans les forêts, entre Neuruppin et Wittstock, nous avons trouvé alors régulièrement [...] plusieurs cadavres, en partie jetés dans les feux de camp et à moitié brûlés. [...] Nous avons vu au total plusieurs centaines de morts. [...] Je déduis des nombreux entretiens avec des détenus qu'environ 15 à 20 % de l'effectif du camp a été tué de la manière décrite plus haut. »

Source :
Amicale d'Orianenburg-Sachsenhausen, *Sachso*, Minuit/Plon, 1982.

Les chansons d'Aleksander Tytus Kulisiewicz

« J'ai employé ma mémoire comme une archive vivante. »

« J'ai survécu à la période nazie,
mais je n'ai jamais quitté le camp de concentration. »

Aleksander Kulisiewicz

Dès les années 60, Aleksander Kulisiewicz se lance dans la rédaction d'une monumentale somme sur la poésie et l'art musical des déportés. Il recueille leurs témoignages. Au total, il consigne des centaines de chansons et de nombreux dessins, aquarelles, sculptures, poèmes créés dans différents camps. Sa collection est l'une des plus importantes du monde. C'est aussi au cours de ces années qu'il commence à se produire sur scène. Rome, Moscou, Tokyo, Londres, Mexico, USA… Partout il fait entendre « les chants de l'enfer ». Il enregistre également des albums. « Je ne chante ni pour l'argent ni pour la gloire. J'exécute le testament de mes compagnons de misère dont la voix s'est tue dans l'enfer des camps nazis […]. »

Le travail considérable d'Aleksander Kulisiewicz restera inédit jusqu'à rejoindre le fonds de l'USHMM (United States Holocaust Memorial Museum) basé à Washington.

Sources :
http://www.musiques-regenerees.fr
https://www.antiwarsongs.org

Quelques-unes de ses œuvres citées dans *Les Mouches bleues*

« Mister C. » – 1940

Paroles de : Aleksander Kulisiewicz
Musique de : H. War

« Muselmann » – 1940

Paroles de : Aleksander Kulisiewicz
Musique : adaptation de « Shanghai » et « Zulejka » (M. Oppenheim)

« Repeta » (« Seconde Aide ») – 1941

Paroles de : Aleksander Kulisiewicz
Musique : « Precz, precz od nas smutek wszelki ! » (chant patriotique polonais, 1824)

« Black Böhm » (« Czarny Böhm ») – 1942

Paroles de : Aleksander Kulisiewicz
Musique : adaptation de « I szumyt, i hudyt » (chant folklorique ruthène)

« Jüdischer Todessang » « Chant de mort des juifs » – 1942

De : Martin Rosenberg (Rosebery d'Arguto)

« La Berceuse du crématoire » – 1942

De : Aaron Liebeskind

« Germania » – 1943

Paroles de : Aleksander Kulisiewicz
Musique : Jindrich Harapat

« Ma porte » – 1944

Paroles de : Aleksander Kulisiewicz
Musique : chanson populaire serbe

« Grande Victoire ! » – 1945

Paroles de : Aleksander Kulisiewicz
Musique : Bolesław Mucman

Merci

Merci à ma tribu invincible. Sans elle, je n'aurais pu rejoindre le rivage que je cherchais depuis longtemps.

MIXTE
Papier issu de sources responsables
FSC® C003309
FSC
www.fsc.org

L'éditeur de cet ouvrage s'engage dans une démarche de certification FSC® qui contribue à la préservation des forêts pour les générations futures.

Pour en savoir plus :
www.editis.com/engagement-rse/

CET OUVRAGE
A ÉTÉ ACHEVÉ D'IMPRIMER
SUR ROTO-PAGE
PAR L'IMPRIMERIE FLOCH
À MAYENNE EN DÉCEMBRE 2020

N° d'impression : 97333
Imprimé en France